講談社文庫

嵐のピクニック

本谷有希子

講談社

嵐のピクニック　目次

アウトサイド

ピアノの先生って、もっと優雅な暮らしをしてるのかと思ってた。別に今なら、もともと先生になることが一番の夢じゃなくて、音大を出たのにプロの音楽家になれるほどの実力もなかったから、自宅で教室を開いてたんだろう、って想像ぐらいはしてあげられる。

でも当時の私はまだ中学生で、親の自己満足のために無理やり行かされていたピアノ教室の先生に対してわずかな想像力を働かせてあげるという発想さえなかったのだ。

私は思春期で、自分のために溢れ出てくるあらゆる想像を爆発させないようにするだけで精一杯だった。ちょうどサツキとつるんで、制服のスカートがどんどん短くなり始めていた頃だ。担任の教師をどうしても人として好きになれなくて、二人で授業をさぼったり、呼び出された職員室でも堂々と来客用のソファに座ったり、化粧に手を出したり、早い話が、調子に乗っていた頃の話だ。サッキといるってだけで訳の分からない魔法にかかって、大人という大人全員を見くびる力を持っていた頃。サツキだって私と出会うまでは大人しくて冴えない子だった。

月謝を貰っていたとは言え、私みたいな学ぶ気のない女子中学生に毎週、鍵盤の触り方を教えてあげなければならなかったなんて、先生には気の毒なことをしたと思う。たぶんあの人はまだ三十代半ばくらいだったけど、あの頃の私にしてみれば充分すぎるほど大人で、自分と同じ一人の人間だとは到底考えられなかったのだ。こっちが賃金を払ってる、この人は私に雇われてる、そんなふうに心のどこかじゃ思っていた。

私は幼稚園の年長の頃からピアノを習わされていて、その向上心のない態度がどこでも問題になっていた。いつも先生のほうから出入り禁止を言い渡されて、四つもいろんな教室を転々とした。私はピアノなんて何が楽しいのか分からなかったし、自分に才能は一つもないととっくに知っていたけど、一人娘が休日に楽器を嗜《たしな》むのが夢だった両親は諦めなかった。四つの教室のうちの三つは駅前のビルに入っている大手のピアノスクールのチケット制のレッスンで、最後の最後に流れ着いたところが、先生の教室だったのだ。

人の自宅に通うというのは変な感じだった。教室の看板が表札と並んで一応小さく出ているものの、玄関を開けると動物と夕食の匂いがしたし、そそくさと階段をあがっていくセーラー服を着た女の子の後ろ姿も見えた。

たらい回しにされてとうとう大手の教室へは通えなくなった子供に救いの手を差しのべるかのように、先生は初対面の私に優しく微笑《ほほえ》んだ。これもあとから知ったことだけど、車で三十分以上かかるこの教室を両親が選んだ理由は、先生がどんな子にも根気よくピアノを優しく教えるという評判を聞きつけたから、ということだった。見るからに人のよさそうな先生。でも私はその親受けのいい笑顔が気に入らなかった。その頃の私は、少しひねくれすぎていたんだと思う。自分から教室に通わなくなるんじゃなく、教室のほうが私に音を上げて破門するように仕向けることに何より夢中だった。馬鹿だったのだ。優しい大人が、呆れて途方にくれ、手のひらを返したように自分みたいな子供を見離す瞬間が来ることに、快感を覚えていたなんて。

母親が「じゃあまた四十分後に」と玄関で挨拶を済ませて車を発進させたあと、

「ピアノは何年習ってたの？」

先生が家へ上がるように促してそう聞いたので、私は「九年です」と使い古されたスリッパに足を入れながら答えた。テキストはブルグミュラーかソナチネアルバムか、と尋ねるので、バイエルだと即答した。先生は一瞬驚いたような顔をしたけど、私は何も知らぬふりをした。前の先生のところでは「こんなに習ってまだ入門編のバイエルなんて、月謝の無駄ですからお辞めになったほうがいいのでは」とはっきり三行半を叩き付けられていたから、ここではどんな反応が返ってくるのか興味があったのだ。バイエルなんて本来なら小学校の低学年で、みんなさっさと終わらせている。自分の家の客間とあまり変わらないような部屋に通されて、とりあえず最後に習ったところを弾いてみて、とお願いされたので、私は楽譜を広げて一番始めの音符をド、レ、ミ、と口に出して確認して、鍵盤にできる限りゆっくり指を置いた。どれだけ反抗的で出来の悪い人間が来たのか、これで伝わるはずだった。前の先生なんて親がいなくなった途端、あからさまに険しい顔つきになっていたのだ。でもこの人は、「音符が読めるようになるところから練習しないとね」と、人の良さそうな笑顔を絶やさなかった。

先生の自宅は下町の庶民的な一軒家だったせいで、私はいつも教室に行くというより友達の家に遊びに行く気分だった。玄関を上がってすぐのところにある八畳ほどの洋間の真ん中に、不釣り合いなほど大きなグランドピアノが置かれていた。音楽室にあるものより二回り以上も大きいそのピアノは、テレビのコンサート中継で見るようなピアニストが弾く、天井の部分が半分斜めに開いているものだった。ガラス戸が狭い庭に面していて、側には籐《とう》製の小さな本棚があった。前の子がまだレッスンしている間、私はその本棚に並べられた児童向けの『かいけつゾロリ』シリーズをいつも制服のまま寝そべりながら読んでいた。

「あっちゃん」と何度も名前を呼ばれてから起き上がり、一週間前に「練習して来てね」と言われたっきり、そのままのテキストをバッグから取り出す。

先週のレッスン全部を費やしてせっかく教えてもらったところを一切合切忘れているので、またト音記号の隣の音符をド、レ、ミと数えるところからやり直しだ。「今度こそ練習してきてね」と何度も念を押され、そのたびに「はあい」と返事だけは素直にするけど、絶対に家のピアノには指一本触れなかった。

先生は最初こそ噂通り根気よく教えていたけど、私が段々と大胆に弾けないことをアピールするようになったせいで、そのうち私が来るたびに少しずつ顔が曇るようになった。先生は決して怒らなかったし、破門したりしなかった。だけど、どれだけ熱意を注がれても私には届かなかったのだ。私は、ピアニストを諦めた先生のささやかな夢を自分が踏みにじっているという空気に、うすうす気づいていた。自分は無力感を突き付ける存在だということも、来るたびに弱々しくなる先生の笑顔を見れば分かった。私のスカートの短さや髪の毛の色が目に余るということで、どこかの親が子供をやめさせた、という噂も聞いた。

サツキが高校生の彼氏を作って、私もその友達とみんなで遊ぶようになって、自分たちがますます一番楽しい存在だと思っていた頃だった。

ある日、私がいつものようにお菓子の油がついたままのギトギトした指で、耳障りな音を鳴らしていたら、先生が立ち上がって小さな筆箱から一本の鉛筆を取り出した。

何に使うんだろうと横目で見ていると、先生は「あっちゃんは鍵盤を触るとき、手首がどうしても下がってしまうからね」と言って、その鉛筆の先端を鍵盤に触れている私の手首のすぐ下まで近づけた。

ぎょっとしたけど、あまりにも自然で何も聞けなかった。私のほうに体を向けた先生が曲を弾き続けるように指示したので、私は楽譜を見ることしか許されなかった。鍵盤を押すたび鉛筆の先がときどき左手の手首にかすって、その芯が鋭く削られているということだけが分かった。音を外しそうになると、芯が微かに血管の近くに食い込むので、震えそうになる指を私は懸命に隠した。先生が一体どんなつもりでその新しいレッスンを思いついたのか、他の子にもこんなことをしているのか、その気になれば私の手首にその芯を突き立てることができるか、聞きたいことは山ほどあった。でもその頃の先生からはもうとっくに笑顔が失われていて、話しかけられるような雰囲気じゃなかったのだ。私は初めて、この申し訳程度に防音された部屋には私と先生しかいないんだと気づいた。自分は子供で、息が吹きかかりそうなほど耳のすぐ側に、顔を近づけているこの女の人は大人なんだ、ということを思い出した。

私は九年間で初めて真剣にピアノを弾いた。神経が研ぎ澄まされたせいなのか、一つも読めない音符はなかった。全神経を集中させた指も驚くほど動いた。今まで五分以上かけていた曲がメトロノームを追い越して、あっという間に終わり、私は緊張で息を弾ませながら先生のほうをそろそろと見た。先生は久しぶりに薄く微笑んでいて、

「レッスンの効果あったね」

と言った。その日のレッスンはそれでおしまいだった。あとにも先にも、先生が鉛筆を取り出したのは、あの一度だけだった。

そのことがあってから、なぜか私はサツキと一緒にいても魔法にかからなくなった。担任を馬鹿にする気が起きなかったし、職員室に呼び出されて、誰も見てない隙に来客用のソファでめちゃくちゃに飛び跳ねようとサツキに笑いながら囁かれても、

なんでそんなことがあんなにも楽しかったのか分からなくなってしまった。

　サツキはそんな私の変化を見抜いて「あっちゃん、つまんなくなったね」と言い続けたけど、どうすることもできなかった。そのうちサツキは高校生の彼氏と別れ、運命的出会いだったという大学生の彼氏を作って、ついでに子供も作って学校に来なくなった。一緒にいる相手がいなくなった私は週二回ほど、埃を被りっぱなしだった家のピアノの蓋を開けて鍵盤に触るようになった。部活は帰宅部だったから、練習は三回に増えて四回になって、ほぼ毎日夕食前に弾くようになった。九年の経験はそれでも知らないうちに音楽の力を授けていたみたいで、本気を出した私はあれだけ進まなかったのにあっという間に【バイエル】を卒業して、【ブルグミュラー25の練習曲】もクリアして、すごい勢いで【ソナチネアルバム】二冊を終わらせ、【ソナタアルバム】まで突き進んだ。私の指はもう課題曲なら百九十六曲は弾けるということだった。普通、バイエルを一年半で終わらせていなければもう成長することはないと言われているのに。怒濤《どとう》の勢いだった。

　でも、私がもうすぐ二百曲目をマスターし終える目前に、先生は教室をやめてしまった。旦那さんと離婚することになったのだ。私は何にも知らされてなかったが、先生が自宅で教室を開いていたのは、痴呆で寝たきりのお義母さんの介護をしていたからだった。先生はどうしても子供にピアノを教えたかったらしい。でも自宅に知らない人間が出入りすることのストレスを旦那さんから責められ続け、思春期だった娘まで先生に辛くあたるようになった。どうやら私の手首に鉛筆を突き立てたのは、この頃のようだった。問題児だった私の改心も、疲れ切った先生の心にはもうなんの癒しももたらさなかったのだ。お義母さんの痴呆がいよいよひどくなって、長年の介護生活に疲れきった先生は、ある晩とうとう、グランドピアノの中に小さなお義母さんを入れると蓋をして閉じ込め、半日ものあいだ放置した。旦那さんがお義母さんを助け出したとき、蓋の上にはバイエルなど家中のテキストが重しとして載せてあったそうだ。

先生がいなくなったあとも、娘に才能の片鱗を感じたうちの母親は、もっと月謝が高くてしっかりした別の教室に私を通わせることにした。でももう快進撃は続かなかった。意欲を失った私は練習しなくなり、指はあっという間に動かなくなり、楽譜も読めなくなった。ヘ音記号なんて見るだけで吐きそうになった。学校でおもしろくないことがあるたびに、私も先生と同じようにお前らをピアノの中にぶち込んでやろうか、と心の中で毒づくようになった。すぐにその教室から追い出され、ヤケになった私は、サツキに紹介してもらった男の子と付き合って、一切の勉強をせずに受験を迎え、県で一番馬鹿な高校にも入れず、十七のときに子供ができた。怒り狂った親に勘当同然で追い出され、しばらくして実家に荷物を取りにいかせてもらえることになった。未練があるような物などなかったけど、私が迷ったのは、ピアノの上に置いてあった習得しかけのソナタアルバムを一緒に持っていくかどうかだった。

今だってもうすぐこの指で二百曲弾けたのだと思うと、惜しくなるときがある。サツキは運命的に出会った旦那に借金と隠し子が発覚して、なんであんなやつを好きになったのか分からないと会うたび言っている。

私はこないだ、お腹の子供が私をピアノに閉じ込めるところを想像したあと、自分もお腹に子供を閉じ込めていることに気付いた。サツキだって何かに閉じ込められている。誰だって自分が今、ピアノの中なのか外なのか分からないまま生きているのだろう。

私は名前で呼んでる

カーテンが膨らんでいるのがどうしても気になって、会議の間中、そわそわしていた。

みんな気にならないのだろうか。あんなにも不自然に窓の隅に溜められている黄緑色のカーテンのこと。どれだけヒダがたっぷり作られていたって、あんなふうには膨らまない。コの字型に並べられた席の中で、私だけが膨らみのちょうど正面に座っていた。忘れようと思って何度意識を会議に戻しても、顔をあげるたびカーテンが視界に入って、とてもじゃないけど部下の企画を集中して聞く気持ちにはなれなかった。

言ってみようか。冗談めかして「ねえ、あそこに誰か入ってるよ」って。でも普段そういうことを言う人間として認知されていないから、どう切り出していいか分からない。それに今日は私にとっても、大事な会議なのだ。大きな電話会社から広告の依頼を、半年以上接待した末に取ってきた。人目を引きつけて話題になるようなパフォーマンスをしてほしい、というクライアントの希望に、絶対に応えてみせます、と自分の首をかけて誓ってしまった。集中しなくちゃ。部下たちは全員私より歳下の男ばかりだから、もしもあれがただのなんでもないカーテンの膨らみだった場合、論理的思考に欠けている上司だと、彼らが私をなめてかかるきっかけに繋がるかもしれない。男顔負けに仕事をしていても、なんだかんだ女性なんだと言われてしまうかもしれない。

会議室は広かった。他の部屋が押さえられなかったから、結局四十人は入ることのできる一階の大会議室で打ち合わせることになったのだ。私の座っている位置から窓際まで、長机四つは並べられる距離にあった。だからますます確信が持てなくて、私は会議の司会をしながら目をすぼめたり開いたりしてこっそりカーテンを観察し続けていた。

一人目の部下が意見を出し終えて、私は手短かに「なるほどね」と呟いた。「悪くないけど、それじゃあまりにも普通って感じよね。じゃあ次の人」

二人目の部下が立って企画を説明し始めると、私の意識はあっという間にカーテンに引き戻された。膨らんでいるように見えるけど、近くにいけばそんなこともないんだろうか。徹夜をしすぎて、幻覚が見えているだけってこともあり得る。それに――そうだ、それに私には小さい頃から恐がりなところがある。点が三つ集まるとそれが二つの目と口にしか思えなくなって、なんでも人の顔に見えてしまう【シミュラクラ現象】の起こる率が人よりずっと高いのだ。ハンガーにかけてあるスーツの皺だって三つ揃えば人の顔に見えるし、木目なんて三秒眺めるのが限界だ。シミュラクラ現象というきちんとした名前があると知ったのは最近のこと。たまたまクイズ番組を観ていたら問題に出て来たのだ。〝心霊写真などでよくみられる、点が三つ集まると、人の顔だと認識してしまう現象は何?〟

だからきっとあれもそう。【カーテン膨らみ現象】。納得しかけたとき、膨らみが動いたような気がして、私は一気に頭の中が真っ白になってしまった。ねえ、あそこに絶対に誰か入ってる。どうしてだか分からないけど、カーテンの中でじっとしてる。私は冷静になろうとペットボトルの水に手を伸ばした。上司という立場でやっと悲鳴を堪えていたけど、でもやっぱりどこかで自分の見ているものが信じられない気持ちでいっぱいだった。だって訳が分からない。犯罪者? 素っ裸の人間? ねえ、何あれ。なんなのあれ。

二人目の部下が座ったので、私は「すごく興味深いわね」とペットボトルの蓋を無意味に撫でくり回しながら頷いた。一瞬変な沈黙が生まれたのでおかしいと思われたんじゃないかと心配になったけど、すぐに部下同士が何かを話し始めてくれたお陰で、私も冷静さを取り戻した。もう少しだけ様子を見てもいいかもしれない。もしもの場合でも、私が一瞬の迷いもなく避難指示を出せば、部下たちもみんなドアから逃げられる距離のはずだ。迂闊《うかつ》に口に出す前に、あらゆる可能性を探っておきたくなった。

「じゃあ次の人、企画を出しなさい」

たとえば、あれは私の幻覚なのかもしれなかった。カーテンには私と彼が結婚して一緒に住むはずだった頃、インテリアショップに二人で出掛けて眺めた思い出がある。先月、結婚まで考えていたのに別の彼女がいると知って別れたばかりの恋人との思い出。だから私は頭のどこかで彼があそこに隠れていてほしい、という強い願望を持っていて、実際より何十倍もの膨らみに見えてしまっているのかもしれなかった。

そう、だからそんなことより会議会議。資料に目を通そうとしたけど、彼のことが記憶から固く固く締めていたはずの栓をこじ開けるような勢いで吹き出してしまった。会議会議……じゃない！　本当は仕事なんてしたくない。彼と結婚して、私が厳選したアンティーク調の家具に囲まれて、彼のために朝から晩まで家のことがしたかった。料理も洗濯も掃除も完璧にできる自信があった。なのに、ねぇ、なんであんなところ歩いてたのよ？　私だってもう若くないから浮気したくなる気持ちくらい分かってあげられる。せめて見つからないように細心の注意を払ってくれれば。私ってそんなに魅力がないんだろうか。わざわざ別れ話をするほどの価値もない？　私ってバアなの？　ああ、カーテンの膨らみを発見して「きゃ」なんて悲鳴をあげなくて本当によかった。もしそんな声を出していたら、きっと虚しくて膝からくずおれてしまったと思う。

三人目の発表が終わる。もう気の利いたコメントなんてできない。「みんなで討議してみましょう」という私の唐突な提案に、部下たちは戸惑ったみたいだった。「今ですか？」「全員の意見を聞いてからのほうがいいんじゃ……」などと口を挟む部下たちを「いいのよ」と私は一言で黙らせた。部下はそれ以上何も言えず、全員がホワイトボードの前に集まってブレーンストーミングを始めたけど、私だけが立ち上がらずカーテンをまっすぐ睨みつけたままだった。

というより、なんでそんなにも思わせぶりに膨らんでるの？　さっきは弱気になったけど、私はあなたたちのことを「気のせい」なんて認めない。そうやって、さも何かいる雰囲気で膨らんで、私だけじゃない、今まで世界中の人たちをどれだけ動揺させてきたのよ。誰かいるの？　いないの？　はっきりしなさいよ。私はきっと、あなたたちみたいな曖昧なものに振り回され過ぎたのね。フェイドアウトする男。シミュラクラ現象。現象って何様のつもり？　三つの点が顔に見えるからって何がそんなにすごいわけ。こんなことを言ったらますますババアになったとでも思われるんだろうか。彼が浮気していたあの子のように若い娘なら、こんなふうに身も蓋もない考え方はしないんだろうか。でもやっぱりそうやって思わせぶりに膨らんでいる以上、許すことができなかった。お前は自分が周りにどういう影響を与えてるか全然分かってない。この目で見たものをそのまま素直に驚けなくなっていることに気づかされる哀しさがお前に分かるの？　理性や、積み上げて来た経験や、キャリアがすべてくだらないものに思える哀しさが。子供の頃の無邪気な自分からどれだけ遠いところに来てしまったか。昔、私にも確かにあったはずの若さや、可能性のことが。お前を見ていると、自分がすごくつまらない人間になってしまったことを突き付けられる。昔の私を思い出させないで。

「ねえ。嘘でしょ。大の大人がよってたかって、そんなことしか思いつかないわけ？　給料返しなさいよ」

ねえ、私は今、もしかしたらこうなんじゃないかって思った。そうやってお前みたいなやつが考えなしにバカみたいに膨らんでいるから、私のように哀しい人間が増えるんじゃないかって。みんな、あなたには期待してるのよ。「今度こそ、今度こそ、絶対に誰かいるはず」。でもいつもあなたがいないから、私たちは現実的になったり論理的に説明をつけることを覚えていく。他にもいろいろなことで覚えていくかもしれないけど、でも一番始めは誰でも必ずカーテンの膨らみに裏切られる。少なくとも私はそう。私を一番最初に裏切ったのは、あなた。そのせいで私には裏切られ癖みたいなものが染み付いてしまったのかもしれない。何人もの男が私に嘘をついて逃げていく。どれだけ尽くしても無駄だ。つまり、あなた。原因は全部、あなた。

「全員、今すぐマーカーを置いてチョコを食べなさい。糖分よ。そこにあるでしょ。アイディアが出るまで食べ続けなさい」

いい加減、姿を現したら？　いつでも自分が確かめてもらえるとでも思ってるの？　私はもううんざりだった。煮え切らない男も、はぐらかされる答えも、意味ありげな「君は大丈夫」発言も、何もかも嫌。曖昧なものすべてが大嫌い。

「食べたら書いて。アイディアを限界まで絞り出すのよ。早く！」

気づくと、カーテンの膨らみがさっきより心なしか小さくなっていた。待って。消えるの？　何も言わずに？　私が本音をぶつけるから？　そういうところが卑怯だという話をしているのに。ねぇ、ちょっと待ちなさいよ。嘘よ。待ってよ。消えないで。私には一人で強く生きていく自信なんてないの。なのにどうしてあなたたちはみんな私の元から去ろうとするの。私にはもうあなたを開けて確かめる勇気がないのよ。どうせいないんでしょ。いるはずがないもの。だったらせめて私の話を聞いてから消えて。私が初めて膨れ上がったあなたを見つけたのは小学校三年生のとき。二階の自分の部屋だった。両親が二人ともいない夏休みの昼過ぎ、私がポスターの位置をああでもないこうでもないと貼り直していたときで、最初はただの見間違いかと思った。「何。どうなってるの。でかすぎない？」と聞いたけど返事はないし、私がおそるおそる近づいて触れると、あなたは私の目の前でもう一回り大きくなったような気さえした。思い出してきたわよね。私はすぐに庭へ飛び出して二階を見上げてガラス窓のほうから確かめた。でも中に人がいるわけじゃない。別の部屋からわざわざ屋根にも登ってみたけど、やっぱり同じで誰も見えなかった。最初は怖かったけど、私はなんとなく自分を守ってくれる存在のような気がして、あなたのことをそのままにしておいたんだった。二十日間ほど、あなたは私の部屋で暮らしてた。毎晩「おやすみ」と声をかける関係になったし、私はカーテンが使えないから段ボールで朝日が入ってくるのを防いだりしてたわよね。なんだ、あの頃から誰かにいてもらおうとして必死だったんじゃないの。

別れが来たのは突然で、ある日、部屋に入るとなぜか縛っていた耳の部分が勝手に外され、カーテンがぴったり閉められていた。母親に二人の関係を隠してたのがいけなかったんだけど、私はあなたが何も言わず去ったんだと思って、泣きながら急いでカーテンを開けてしまった。二十日ものあいだ一緒に過ごしたのに、そこにはもう誰もいなかった。あなたの抜け殻のようにレースのカーテンがかろうじて隅に溜まっているだけだった。私はあなたの名前を呼んだ。そうよ。名前を付けてたの。

もういい。やっぱり昔の自分を思い出すのは辛すぎる。あの頃の私はつまらない説明なんて考えたりしなかった。何に対しても素直だった。部下に舐められたくないとか、おかしな女だと思われてしまうんじゃないかなんてこれっぽっちも怖がらなかったし、何より、常識なんかに私を縛らせたりしなかった。毅然《きぜん》としていた。どんなことがあっても、誰にも、自分を縛らせなかったのだ。

ホワイトボードを見ると、部下たちが書きなぐった色とりどりのアイディアが重なり合っていた。誰が何を書いていたのか、これじゃ分かるわけない。嫌だ、みんな馬鹿なの。本気？　私は何か大事なことを思い出したような気持ちになって、子供の頃に戻ったみたいに資料の裏側の白紙の部分に、三つの黒丸∴を書いてクスクス笑った。**ねえ、これ見て、人の顔に見えるのよ、ただ点点点って置いただけなのに！**

部下たちがみんなで資料を覗き込んで「どうしたんですか、部長」と口々に心配し出したけど、私は椅子から立ち上がると、ドアのところでかわいく手を振って会議室をあとにした。いつも昼食を買いに行くときに「パンプスって歩きづらいわよね」なんて、みんなでぶつくさ言ってるタイルの長い道をスキップしたり、「シューダダダ！」なんて呟きながら突然ダッシュしたりして心の向くまま、体の思うままにぐんぐん歩いていった。オフィス街のいろんなところに片足で乗っかったり、また無意味に「シューダダダ！」と叫びながら曲がり角をダッシュしたり。ずいぶん動き回ったあと、後ろを振り返ると、高層ビルに窓ガラス清掃業の黄色いゴンドラが見えた。それらがちょうど三点の場所にいたのを発見したときはおしっこをちびりそうになったわ。すごく大きな存在の誰かが、私のことを見つけてくれたと思ったから。やっと私の目の前に現れてくれたのね。目から涙を溢れさせながら、私はあなたにそう言ったのよ。

パプリカ次郎

パプリカ次郎が最初にあれを体験したのは十歳のときで、彼はおじいちゃんを手伝うため、屋台の売り子として市場に立っていた。苦しい家計を助けたいと、パプリカ次郎は懸命に道ゆく人々に声をかけて、野菜を売りさばいた。まだ小さな体で木箱を踏み台にして、吊り下げてあるザルに器用に小銭を入れる。

最近めっきり足腰が弱ったせいで樽に座ったきりのおじいちゃんは、みんなから「いいお孫さんを持ったわねえ」などと言われて満足げだ。

パプリカ次郎は軒先で動物をこれみよがしに飼っている他の屋台に負けないように、自慢のボーイソプラノで野菜の名を高らかに歌った。誰もが耳を傾け、その愛らしさに微笑んだ。屋台は、昼間から酒を飲んでばかりで働こうとしない父の代わりにパプリカ次郎が譲り受けることになっている。

その日一日の仕事を終え、おじいちゃんが次郎の頭に優しく手を置いた。

「そろそろ帰ろうか」

「うん」

その時、奴らがやって来たのだ。

次郎が女の人の叫び声がしたほうに顔を向けると、真っすぐ続くマーケットの向こうからまるで魚や花や肉の花火でも打ち上がっているかのように、幾つもの屋台を破壊しながら、何かがこちらに近づいてきていた。

あまりの光景に啞然《あぜん》としていた次郎は、周囲の人々の「来たぞ！」「また来たぞ！」と喚き逃げ惑う姿を見て、ようやく我に返り、おじいちゃんの元へと駆け寄った。

「早く逃げよう！」

だが、パプリカ次郎が服を引っ張っても、おじいちゃんは動こうとしなかった。次郎が急いで杖を持って来ても受け取らなかった。その間にも地響きは続き、何かが屋台を吹き飛ばしながら、かすかな銃撃音とともに勢いを増してこちらに近づいてくる。

どうして動かないのか、次郎は尋ねた。おじいちゃんは焦る孫の頭を撫でながら、「あいつらはいつも、ああやってわざと追われてるんだ」と言った。

次郎には理解できなかった。そうこうしているうちに、カンフーのような動きをするアジア系の男がきれいな白人の女と足をもつれさせながらやって来た。次郎の目の前で、バランスを崩し、おじいちゃんの屋台目がけて派手に頭から突っ込んでいった。車輪はあっけなく外れ、大きな音を立てて屋台が横倒しになった。朝から汗水垂らして稼いだザルの中の小銭があっという間に散らばっていく。

アジア系の男はきれいに回転しながら立ち上がり、屋台が壊れたことに何の関心も示さず女とともに走り去った。足元には何もなかったのに、男がわざとバランスを崩すところをパプリカ次郎は目撃していた。男は野菜が空中に跳ね上がるのを確認したあと、白人の女と笑みを交わしていたのだ。銃を撃ちながら追いかけて来た黒いスーツの男たちがあとを引き受けるように、アジア系の男の被害を受けなかったものを一つ残らず吹き飛ばしていった。

彼らが走り去ったあと、市場の誰もが黙々と道に散らばったものを片付け始めた。文句一つ言わず。竜巻に巻き込まれたあとみたいに。

「露店商なら避けられない」

おじいちゃんは呟いた。

今なら、その意味がパプリカ次郎にも少し分かる。あいつらは本当に台風や雷と同じだったのだ。あのあと、なんの前触れもなくやって来ては、修理した屋台を壊して去っていくところをパプリカ次郎は何度も目にした。おじいちゃんはスーツの男の流れ弾に当たって死んでしまった。屋台を受け継ぐことになった次郎は、当初、少しでも見栄えを良くしたいとテント地の屋根を知人から譲ってもらったが、屋根を設置した途端、空から奴らが降って来た。大きくバウンドし、そのまま落ちて来て屋根を貫通し、屋台を木っ端みじんにして去っていった。場所をどこに変えても無駄だった。露店商でいる限り、彼らは好きなだけ湧いたように現れた。

　パプリカ次郎はたった一度だけ、激突してきた隙を狙って一番最後尾の男のズボンの裾にしがみついたことがある。

「どうしてこんなことをするんですか」

「あなたたちは何者ですか」

「私たちが何をしたんですか」

　サングラスをかけた男は、このために覚えた英語を叫ぶ次郎を驚くほど優しく地面に立たせ、顔についた土を指で拭った。何か話してくれるかと期待したが、うっすらと口端を持ち上げただけで、男はまた銃を乱射しながら向かいの金物屋の銅鑼《どら》に突進していった。パプリカ次郎が露店のハト売りに商売替えした時も、すぐに彼らが来て、あれよあれよという間にハトを一羽残らず逃がしていった。

ある晩、パプリカ次郎は屋台の前にノリのたっぷり入った壺を置いた。そして数日後、女の人の叫び声が市場の入り口のほうから聞こえた瞬間、裸になってその壺の中に飛び込んだ。

人々の逃げ惑う声が段々と大きくなり、すぐそばで何かが壊される音がした。息を止め、ぬるぬるするノリの中で鼻を摘んで待っていると、壺の存在に気づいた彼らの一人が足音を響かせ、パプリカ次郎の入った大きな壺に激突した。

ノリまみれのパプリカ次郎は、スーツ姿の男の背中にしがみついて、みるみる小さくなっていく市場を見送った。街を抜け、砂漠に出ると、彼らは「アーハィ」という甲高い雄叫びをあげ、風のように早く走った。彼らのスーツは、スーツに見える不思議な皮膚だった。サングラスも皮膚の一部だった。やがてどこからか現れた、目鼻立ちのくっきりした男と、胸の大きな女、筋肉質な男たちの集団が、パプリカ次郎のうしろに繋るように列を作った。彼らはどんどん増えていった。銃を乱射しながら走り、ナイフを振り回し、くすねた果物や野菜を皮膚の内ポケットから取り出し、思い思いに齧《かじ》った。夜になると、彼らの走りは一層力強くなった。

やがてノリが剝《は》がれ、パプリカ次郎は砂漠に落下した。

七日七晩かけて故郷の街にたどり着き、市場へと戻った。

パプリカ次郎は今でも露店商を続けている。

だが最近は、彼らのやってくる回数も少なくなった。「みんな彼らのことを信じなくなったからさ」と物好きな観光客に次郎は説明する。

それでも、たまに彼らはやって来る。昔と変わらず、派手に、市場をめちゃくちゃにしながら。パプリカ次郎は誰よりもぶつかりやすい店先に立ち、なるべくオーバーリアクションで驚いてみせる。激突していく彼らに愛を込めて。最大の敬意を払うことにしている。

人間袋とじ

「しもやけを利用して足をくっつけてみようと思うの」

朝ご飯を食べたあと、彼女が言い出した。

「何？」

もう一度電気毛布で温めっぱなしのベッドへ戻るつもりだった彼は、食器を運ぶ彼女の後ろ姿を驚いて見つめた。

「ごめん。しもやけを利用して……なんだって？」

「だからせっかくだからくっつけてみるんだって」

彼女は彼の前に戻って来てクラウチングスタートのように屈んで、左足のオレンジ色の靴下を脱ぎ始めた。「というより、ごめん。本当はもう始めてるの。小指と薬指なんだけど」

彼は思わず立ち上がってリビングの入り口まで行き、もう充分朝日が差し込んでいる部屋の電球が最大限まで明るくなるように調節した。片膝をついている彼女のところまで戻り、しゃがんで顔を近づけてみると、確かに彼女の言う通り、左足の小指と薬指がパンパンに腫れ上がり、お互いの皮膚がくっ付き始めている。

「何これ。気持ち悪いよ。何してんの？」

彼の声は悲鳴のように聞こえた。

「私、昔から寒くなるとよくこうなってたの。中学のときは女子ソフトボール部に入って毎日朝練してたけど、指定されてたシューズは、足の甲あたりの生地がメッシュですっごく薄くてね。氷のはった水たまりがそこら中にあるボコボコのひどいグラウンドだったから、部室でよくこっそり剝がしてた。袋とじみたいにそっとね」

「そうじゃなくて」よく見ると、グロテスクなだけじゃなく可愛らしくもある足の丸みに、彼は少しだけ勇気を取り戻した。「なんでそんなことしてんのよ」

「なんでだと思う？」彼女は見上げるように彼に視線を向けて質問した。「ちゃんと理由があるとしたら」

自分が責められているような気持ちになって、彼はいろいろ考えてみた。すぐに中国の纏足《てんそく》のことが頭に浮かんだけど、彼女が小さい足の女になりたいと言っている場面なんて、付き合って一度もお目にかかったことがない。あとは……あとは一体どんな理由でそんなこと考えるんだろう？

彼は正直に打ち明けた。「全然分かんない。ファッション感覚？　そういう危ない肉体改造がもしかして流行ってんの？」

「もっとちゃんとよく見てよ」

立ち上がった彼女に叱られて、彼はベッドの脇から眼鏡を取って来た。かしずくようにフローリングの床に腰を下ろし、でもその位置関係はなんとなく奴隷気分というか恥ずかしかったので思い切って腹這いになった。彼女は料理はあんまり得意じゃないけど、床にクイックルワイパーをかけるのがとても好きな子で、ワックスもきちんと一ヵ月ごとにかける。

彼女の23・5センチの足をこんな近くで眺めるなんて初めてだった。白い足の甲から五本の節がそれぞれの指先に滑走路みたいに伸びていて、彼はスキージャンプ台をイメージした。熟れた果物みたいにジュクジュクしてるのかと思ったけど、それは水虫のイメージが混ざっていただけで、むしろ粉がふいてひどく乾燥していた。

「私、末端の血管がかなり細くって、血液がいかないみたいなの」

もっとよく見ようと、彼は右頬を床にくっつけた。真っ赤に腫れてコロコロの小指はもともとすごく小さかったみたいで、そんなところにまで爪らしきものが生えていることに、彼は小さな感動のようなものすら覚えた。思わず「触ってもいいの、これ?」と一番膨張して今にも弾けそうな薬指に触れようとすると、「駄目!」、彼女はすばやくよけた。「痒くなるのよ。痛みと痒みとの闘いなんだから」

もう少し眺めていたかったけど、段々とアツアツの焼き栗のすぐ側に顔を近づけているような気がしてきて、彼は体を起こした。あり得ないけど、指が爆《は》ぜて目の中に飛び込んできたら痛いだろうな。

「分かんない。教えて、理由」

彼が腰を下ろしたまま降参すると、彼女はまるでおもちゃを投げても取りにいかない愛犬を見下ろすように、明らかに傷ついた顔をした。

「嘘。ちゃんと考えるよ」

「いい。教える。付き合いが長くなるってこういうことなんだし」

彼女は寂しそうに呟いて、彼を立ち上がらせた。今度は彼女が跪《ひざまず》き、何も言わずに彼の靴下を脱がせ始める。

「何すんの」

抵抗しようとすると「前を向いてて」と注意されたので、彼はされるがまま棒立ちで待った。

「私のはもう分かんないかもしれないけど、そっちのはまだ……私、かなり深く彫ったし」

靴下を手にした彼女が、彼の目の前に戻って来た。二人とも真面目な顔で左足だけ裸足で、朝のリビングに突っ立っているのは妙な気分だった。「彫ったって、もしかしてあれのこと？」

彼女は丸まった靴下を握りしめたまま何も答えない。

「あれのことでしょ、タトゥ」

彼はしゃがんで自分の足の指を確認した。男性にしては爪の下あたりの皮膚に毛穴がなくてツルツルだと、彼女に付き合い立ての頃、褒められて嬉しかったことを思い出した。それがきっかけで、二人は安全ピンにインクをつけて、お互いのイニシャルを会うたび少しずつ彫り合ったのだ。今だったら信じられない、そんなヤンキーみたいなこと。目を凝らすと、あれから十年のあいだにできた皺や黒ずみにまぎれて、小指のところにかすかに【T】の赤い文字があった。間違いない。彼女のイニシャル。その隣の薬指には彼自身のイニシャル【D】が確かに仲良く並んでいる。

「えぇと、思い出したけど、これとしもやけで指をくっ付けるのってどういう関係があるの？」

質問している途中に、彼女の言いたいことがうすうす分かってきた。彼女の指にも同じように二人のイニシャルを彫ったのだ。薬指に自分の【D】、小指に彼女の【T】がやっぱり仲良く並んでいるはずだった。昨日、二十九歳になった彼女はそれをビックリ人間みたいな方法で一つにしようとしてる。

「馬鹿なことやめろよ」

苛《いら》ついてきた。彼は立ち上がると、部屋の隅に転がっていたオレンジ色の靴下を手に取った。ぶっきらぼうな手付きで彼女に履かせようとする。

「すぐあっためて病院に行って来いよ」

「もともと血が通ってない指なんだから、もしかしたらこうしたほうが体にいいかもしれない。足の小指なんてなんのためについてるのか分からないし」

靴下を履かせようとする彼から距離を取って、彼女はリビングをじりじりと逃げた。

「いい加減にしろよ。皮膚がくっついてるなんて、歩けなくなったらどうすんだよ」

「そしたら二人で支え合って歩けばいいじゃない。足なんて二人に一本ずつあれば充分なのよ。支え合って歩けばいいんだから」

彼は部屋の扉のところまで行くと、電球の調節つまみの下にある床暖房のスイッチをバン！　と押した。彼女がそれと同時に逃げるのをやめたので、ひょっとして彼女自身の電源を切ってしまったんじゃないかと彼はドキドキした。彼女は……何か言いたげにこっちを見つめている。ひょっとしたら彼女は知っているのかもしれない。彼が最近、ちょっかいをかけている女の子の存在を。

長いあいだ見つめ合っていた。そのうち二人とも足の裏がホカホカし始めた。彼女が無表情を装いながら足の指を芋虫のようにこっそり動かすのを発見して、彼は自分までむず痒くなってきた。しもやけのところに急激に血が巡って、痒みがぶり返しているに違いない。

「もういい。やめる」

突然、彼女が諦めるように言い捨てた。

「いいの？」

「うん。馬鹿馬鹿しくなってきた。こんなもの、無理やりくっつけようとしてたなんて」

「やっと気づいた？」

彼女は哀しそうな目で一瞬だけ彼を見て、「ほんとにやっとね」と呟いた。

彼女がソファに腰を降ろしたので、彼もほっとしながらその隣に並んだ。この部屋に二人でいるときの、いつもの定位置。彼女は左足だけソファに乗せて、足の爪を切るときと同じ体勢を取った。

「その代わり、手伝って。ここの皮膚、ゆっくり剝がしていって」

逆らえず、彼は彼女の薬指と小指にそっと触れてみた。足はぶにぶにしていて、ものすごく熱かった。皮膚の裂け目をよく見るとうっすら縦に線らしきものが入っている。彼女が言った通り、本当に人間の袋とじみたいだ。

「本当に裂くの、これ」彼はおそるおそる聞いた。

「そう」

「力の加減が分かんないんだけど」

「裂いて」

「ここにひび割れみたいのがあって、怖いんだけど」

「裂いてよ」

勇気を出して、指先に力を入れてみた。上のところに少しだけ切れ目が入る。そのままゆっくり、繋がりかけの皮膚を丁寧に剝がしていく。痛がるかと思ったけど、彼女は反応しない。さらにじわじわ時間をかけたせいで寝てしまったのかもしれない。十年前切れ目があと数ミリまで来たところで、彼は彼女の薬指のタトゥに気づいた。

に彫った、自分のイニシャル。

「ねえ、すごい。あった。【D】!」

宝物を発見したような口調で彼は言った。

「そう」

そっけない返事だった。

「ねえ、【T】も見つかったんだけど」

「私の名前が? へぇ」

彼は急に不安になって手を止めた。

「あのー。これ、切り離したあと、僕らって?」

彼女の返事はなかった。

「あのー。もしもーし」彼は離れかけのしもやけの指を見つめたまま、もう一度訊いてみた。

「裂いてよ」聞いたこともないような、温度の低い声。

指に手をかけながら、全部裂いたあと、彼女の中から何かが飛び出してくるところを彼は想像した。彼女はまるで裂け目の奥で待ち構えているように、息を殺してこちらを見つめている。この袋とじは本当に開けていい袋とじなんだっけ? やがて、体中から汗が吹き出て来た。彼女は確実にスタンバイしている。自分の足で、五本の指でちゃんと立つスタンバイをしている。

哀しみのウエイトトレーニー

家に帰ったら、夫がボクシングを観ていた。

「へぇ、そんなもの観るなんて知らなかった。意外ね」

買い物袋をリビングのテーブルの上に置くついでに話しかけると、彼はソファに座ったまま、へぇ、とか、そうね、とか適当な返事をした。よほどおもしろいのか仕事の手を止めて、珍しく食い入るように見つめている。

「どっちが勝ってるの？　チビのほう？　でかいほう？」

マフラーを外しながらソファの隣に座った。すぐに夕食の準備に取りかかろうと思っていたけど、自転車のギアが壊れていたせいでちょっと疲れた。ちょっと休憩。十五分だけ。

夫は相変わらずテレビから目を離さないまま、今のところチビのほうが強い、みたいなことを説明してくれた。ちょうど何ラウンド目かが終わったらしく、ゴングが激しく鳴らされている。どちらの選手もパンチで顔が切れたのか血まみれで、コーナーの椅子に座った途端、水をセコンドの人に頭からかけられていた。

「ね。ね。すごい。動物の水浴びみたい。野蛮ね」

野蛮ね、の響きがなるべく嫌味に聞こえないようにしたつもりだったけど、夫は敏感に感じ取ってしまった。こういう男がいいんだろ、本当は。え？　なんのこと。とぼけるなよ、知ってるんだぞ、お前が本当は野蛮な男にめちゃくちゃにされたいと思ってること。え、何それ、私が文化系の男が好きなの知ってるでしょ、体育会系の男なんて嫌よ、繊細さがなくて。彼は握りしめていたリモコンをテーブルに戻すと、セーターの袖をまくって脈を確かめるように自分の手首にきゅっと指を巻いた。夫の手首は確かにボクサーの男たちとは比べものにならないくらい細かった。いいじゃない、アーティストっぽくて。私はわざとからかうような口調で彼を励ました。彼は憐れまれることが何より嫌いだから、あえてそういうジョークっぽい言い方をしたのだ。

じゃあお前、もしこういう男たちから誘われてもなびかないのかよ。彼がまた話しかけてきた。なんでもいいから自信を取り戻させるようなことを言わなくちゃ。そう思いながら、私はテレビの中の男たちに完璧に目を奪われかけていた。血が増量されたみたいに巡って、体温が上昇していた。切なくなるような唾が湧きあがる。なびくわけないじゃない、そもそも誘われるようなこともないし。闘う男の体ってなんてきれいなんだろう。二人とも、すごくいい体。骨も肉も引き締まって無駄がなくって。夫がまた話しかけてくる。俺の体のことどう思ってるんだよ。好きよ、白くて、肌がモチモチで。あぁ、どうして今までちゃんとこういうものを観てこなかったんだろう。ボクシングも、プロレスも、総合格闘技もみんな苦手だと思っていた。けれど、それは大間違いだった。私はいつもそう。なんでも自分がこうだと決めつけすぎて、他のものの可能性について考えてみようともしない。中学生の頃からだ。友達みんなで遊園地に遊びに行ったあの日も、きっと私みたいなおとなしい女はジェットコースターなんか嫌いなはず、と決めつけて一人だけ乗らなかった。私みたいな女はきっと文化部に入るはず。手芸部が落ち着くはず。地元で就職するはず。でももしあの時、ジェットコースターに乗っていたら本当はどうだったんだろう。私は私の知らない自分に出会えていたような気がする。全然違う生き方をしていたような気が。ゴングが鳴って、男たちが立ち上がった。ただパンチを繰り出しているだけなのかと思いきや、一発一発をガードしながら男たちは鋭い目つきで相手の動きを見極めている。きっと動体視力ってやつだ。私にももし動体視力があれば、いろんなものを見逃さずに済んだだろうに。勝負がついて、今までで一番大きなゴングが打ち鳴らされた。

次の日から、私はボディビルダーを目指した。本当ならプロボクサーを目指すべきだと思ったけど、私の中には闘志のようなものが一切見当たらなかったのだ。誰かを殴り倒したいという欲望はどこにもなかった。ただ昨日テレビで観た二人のボクサー—特にスキンヘッドの選手—の体が、脳のどこかに焼き付けられてしまったみたいに、近所のオーガニックストアでレジを打っているときも頭の中から消えてくれなかった。

３６０度、彼らはいろんな方向に回って、私に体を見せつけてきた。私がお客様に商品を説明するときもだ。これは古くから生薬にも使われているザクロを配合した保湿クリームです、筋肉ってどんな硬さなんだろう。こちらは希少なオーガニック植物エキスを濃縮させたヘアオイルなんですよ、鍛え上げられた体ってどんなふうに脈打つんだろう。不倫願望？　まさか。私は夫を愛している。あの人は不器用で幼いところもあるけど、仕事熱心すぎて損をしているだけなのだ。絡んでくるのだって、今の仕事のヤマを越えるまでの辛抱だ。私は夫以外の、他の男に触りたいわけではなかった。私は純粋に、思う存分、引き締まった筋肉に浸りたいだけだった。久しぶりに味わう、空中に浮かび上がるような気分。仕事の帰りに薬局に寄ってプロテインを買おう。

初めて飲んだプロテインの味が気に入って、私はスポーツジムにも入ることにした。家計をやりくりしながらやっていけるか不安だったけど、電車で二駅のところに小さな個人経営のフィットネスクラブがあって、「求める結果が出るまで無料で百回サポートします‼」とホームページに書いてあったから、そこに決めたのだ。今まで運動らしい運動なんてしたことがなかった私は百回のトレーニングで自分がどこまで変われるのか想像もつかなかった。「ボディビルダーになりたいんです」と、マンツーマンレッスンの初日に控えめに打ち明けると、トレーナーの──私よりまだずっと若い二十代前半の男の子──は、ボードに記入していた手を止めて、驚いた顔で私を見た。

「ボディビルですか？　ダイエットじゃなくて」

「ええ。確かホームページにそういうトレーニングのコースもあるって」

「ありますけど、珍しいですね。普通、三十代の女性の方ってダイエット目的がほとんどなので、てっきり」

「難しいですか？」

「いえ、そんなことはないですよ。でもボディビルの場合、ウェイトトレーニングだけじゃどうにもならないんです。栄養のとり方が非常に重要になってきますし、たとえば一日四千キロカロリーの摂取とか、大丈夫ですか？　成人男性のおよそ二倍のカロリーなんて」

「少しずつなら」私は主婦にしてはスリムなほうだったけど、なんの躊躇《ためら》いもなかった。

「プロテインは？」

「飲んでます」

「何かの大会に出たいとか、そういう目標があったり？」

「いえ。誰にも見せなくていいんです。自分のための筋肉」

珍しいですねそういう方、とポロシャツの若者は呟くと、うぅんと唸って、ボードにボールペンの先を数回押し付けた。断られてしまうだろうかと心配になっていると、じゃあそれ用のプログラムを考えていきましょう、と思いがけないやる気を見せてくれた。話をしてみると、彼は子供の頃からスポーツマンだった。大学ではラグビーをやっていて、イルカの調教師を目指そうか迷ったけど、知り合いのツテでこのジムにインストラクターとして雇われたばかり。あどけない顔の、かわいい子だった。八重歯。私より十二も歳下。彼はきっと私服が少しダサいはず。髪型の雰囲気でそんな感じがする。やっぱりラグビー一筋だったからだろう。同い年くらいの若い女の子が好きそうだ。私も夫と同い年だった。大学の動物保護サークルで知り合った。真っ赤なポロシャツのコーチは引き締まった表情を作って、浮き立っている私に向かって、こう言った。

「でも、世間のボディビルに対する理解は想像以上に冷たいですよ。覚悟して下さい。それから、ご家族の理解は絶対必要です」

けれど結局、私は夫に言わなかった。結婚して七年が経つけど、彼に大きな隠し事をするのはほとんど初めてだ。でも近頃の夫は家でも書類やパソコンから目を離そうとしないし、話しかけて来たとしても自分に自信を取り戻させてほしいときだけ。夫婦のスキンシップはまるでなかった。

私は食生活が変化した理由を「お店のお客さんに勧められてプロテインダイエットを始めたから」と説明した。これまでもたびたび流行のダイエットに挑戦していたお陰で、夫はなんの疑問も抱かなかった。若いコーチと考えたトレーニングも欠かさなかった。書斎にこもった夫に見つからないように腕立て伏せ、腹筋、スクワット。体力がついてきたので週に四回ジムに通って、チンニング、ダンベルプレス、ナロウベンチ。もっと筋肉の繊維を鍛えあげるためにリバースクランチ。ボールクランチ。T

バーロウ。トップサイドデッドリフト。あとは数時間置きのプロテイン摂取と、成人男性二日分のカロリー！

美しい筋肉の繊維を鍛え上げるには想像よりも、はるかにストイックさが必要だった。もう限界だと感じたところからあと二、三歩さらに踏み込むのだ。一人だと諦めてしまったかもしれないけど、私には百回無料のコーチがついていた。ボディビルのトレーニングにはパートナーが必須で、たとえばダンベルを無理してリフティングしようとして首に落としてしまった場合、死の危険性だって充分あり得る。そうならないようにコーチは常に私の傍らで見守ってくれていた。「あと一回！　いいよいいよ。すごい！」

トレーニングを終える頃には歯を食いしばりすぎて、いつも口から泡みたいなものが溢れた。でもそんなことですら私には新しい発見の連続だった。自分が泡を吹くような人間だったなんて。そういえば結婚当初、私はどうしても家計簿が付けられなかった。レシートを溜めこむだけですべて先送りにしてしまう私に、日曜まで家に仕事を持ち込んで働いていた夫は「根性がないんだよ」と言い放った。「今まで一度くらい、何かできちんと結果を出した事があるの？」。夫はよく私をそう叱った。

どうしよう。首の太さが隠しきれなくなってきた。うちのお店では石鹸の保湿効果をお客さんに実感してもらうために、その場で泡立てて自分の手の甲にホイップクリームみたいな石鹸を乗せてみせる。でもその私の手首がお客さんの倍は太くて、筋まできれいに盛り上がっているから、みんな一度はぎょっとする。ホホバオイルの説明を聞いているふりをしながら、首の太さが顔と同じくらいになりつつある私のエプロンの下を、誰もが好奇心に満ちた目で想像する。落ち着かない。素っ裸でいるみたいだ。ついにお店の女性オーナーに呼び出されて、みんなが触れたくて触れられなかったんだろう私の体のことについて質問された。

「あなた、最近前と少し様子が違うみたいだけど、どうかしたの？」

「ええ、ちょっと」

「なんていうか、その、体が一回りも二回りも大きくなったじゃない？　最初は妊娠かなと思ったけど……。何か体にあわない薬でも飲んでるの？　更年期障害用の何かとか。副作用が出てるんじゃないの？」

「いえ」

「でも女性ホルモンのバランスが崩れ過ぎてるわよ」

私はオーナーにトレーニングの事を打ち明けた。オーナーは初めは、ふんふんと険しい顔付きで頷いていたけど、私が「こんなにも何かに打ち込んだことはない」と話したところで、あなた表情がいいわとすごく褒めてくれた。女手一つで子供三人を育てあげたオーナーは、店をいくつも経営しているとても自立した人だった。平凡で自己主張のなかった以前の私を知っているだけに、今のほうがずっと素敵、と最終的には心から励ましてくれた。

お店のみんなも、私の第二の人生を応援する、と言ってくれた。次の日、誰かが使わなくなった紫色のヨガマットを持ってきてくれて、私はお客さんのいないときなら好きなだけヘアケア用品の棚の裏で、トレーニングができることになった。休憩中に生卵をジョッキで飲んでも、誰も嫌な顔一つしなかった。たまに子供のいたずらで【ここに来ると笑顔のマッスルレディにしめ殺されます！】という落書きが店の駐車場に書かれていたりしたけど、馴染んでしまえば、うちのお客さんのほとんどが好意的だった。シングルマザーや、仕事や育児に苦労している女性も多くて、みんな私を見ていると勇気づけられると言う。ボディビルは美意識から生まれた筋肉作りなので、どんな苦しい状態でも笑顔を絶やさないお陰なのかもしれなかった。

夫だけが、何も気づいていなかった。私の胸板はもう鉄板でも入ったみたいにコチコチで、腕は丸太をへし折れそうなほど太く、ウエストは六つに割れながらぎりぎりまで絞られ、離れて眺めると大きな逆三角形が歩いているような体型になっていたのに。そのことを職場のみんなに相談すると、「男なんてみんなそうよ」と慰めてくれた。「うちだって髪の毛を切ってもなんにも気づかないわよ」

私は、髪の毛だけは何も手を入れていなかった。夫はロングヘアーが好きだったから。健康的に見えるように真っ黒に日焼けをして、お客さんから紹介された歯医者で割引価格で歯をホワイトニングしたけど、髪の毛だけはビルダーになる以前のままだった。

週四回のトレーニングが八十回を過ぎた頃、コーチが私に、ポージングの練習を勧めてくれた。「体が大きくなるのは快感だろうけど、どうせなら大会に出ていろんな人に見てもらったほうが励みになる」と言うのだ。私は何度か、そんな大それたこと自分には向いてない、と丁重にお断りしたけど、コーチは熱心に食い下がった。あなたのその、根っこのところにある自信のなさをなんとかしたほうがいいと僕は思うんです。自信のなさ？　私の？　そうです。気づいてないかもしれないけど、あなたはすぐに「どうせ」とか「私なんて」と言う。どうしてそう思い込んでしまったのか分からないけど、自信を取り戻したほうがいいと思います。

言われてみれば思い当たった。完璧主義の夫といるうちに、私はどんどん自分を何の取り柄もない人間だと感じるようになったのだ。結婚前はそうでもなかったのに、夫に自信を取り戻させるために自分の劣っているところを挙げ連ねるうちに、いつのまにか「私なんて」が口癖になっていた。

「大会に出るかどうかはまだ分からないけど……」と言い添えて、私はジムの鏡の前で生まれて初めてポーズを取ってみた。ビルダーの基本中の基本。おそるおそる両腕を顔の横にあげて血管に力を入れて一番膨らんでみえるような角度で、キープする。

「苦しげじゃないほうがいい！」とコーチにアドバイスされたので、私は一生懸命口角を持ち上げて、自分の筋肉の大きさをアピールした。笑顔にまだ迷いがある。自分でまっすぐ鏡を見ることができずに、私はポーズをやめてしまった。「焦らず、ゆっくりやっていきましょう」とコーチがタオルをかけてくれた。

ある日、職場でホホバオイルの実演をしていると、店の前でお客様の犬同士がケンカを始めた。リードが首輪からすっぽ抜けてしまい、ヨークシャテリアが大きな犬にキャンキャン吠えて近づいて、反対に首根っこをくわえられてしまったのだ。大きな犬は臆病で、他の犬に鼻先までクンクンと臭いを嗅ぎに来られても、怒るどころか周りをおどおどと窺うような犬だった。ヨークシャテリアの飼い主が飛んできて、なんとかしなくてはとリードでぶったせいで大きな犬はますます混乱し、仔犬をくわえたまま振り回した。キャンキャンという声が小さくなっていき、大きな犬が口を開けて牙を剝がした。仔犬はすでに息絶えていた。

誰もなんにも言わなかったけど、考えていることはきっと同じだった。なぜ一番近くにいた私がその丸太のような太い腕で、二匹の犬を引き離さなかったのか？　いざというときに役に立たない筋肉を、一体なんのために応援しなければならないの。ビルダーの筋肉はスポーツ用のものとは、そもそもまったく異なる、鑑賞するためだけにある筋肉繊維だ。誇り高いビルダーたちは何があっても、決して実用的に力を使ったりしない。そう思い込んでいたせいで、自分が犬のケンカを止めるなんて思い浮かびさえしなかった。私がぐずぐずせずに二匹を力任せに引き離していればこんなことにはならなかったのに。ヨークシャテリアは私も今まで何度か抱っこさせてもらったことがある、店のみんながかわいがっていた人なつこいやんちゃな子だった。

「明日から店でトレーニングするのはやめます」

私がその日の帰り際にそう告げると、しばらくはそのほうがいいかもしれないわね、とオーナーは頷いた。更衣室では、誰も話しかけてこなかった。重苦しい空気の中、私が「お先に」と声をかけると、みんな「お疲れさま」と挨拶してくれたけど、店の裏を通りかかったとき、私は目にしてしまった。燃えるゴミ置場に捨てられた、紫色のヨガマット。

　夕食のあと、すぐに書斎へ戻ろうとした夫に「今日、職場でトラブルがあってね」と私は昼間の一件を切り出してみた。間近で見たヨークシャテリアの死が思った以上にショックだったのだ。私の、もうあそこにはいられないんじゃないか、などという弱音をひとしきり聞いたあと、あぁ、とか、そうなの、といつも通りの返事をして立ち上がった夫を見て、私は驚くほど腹が立っている自分に気づいた。テーブルの上のパン屑を拾い上げながら、食器を洗うために立ち上がろうとして、なぜか「そういえば美容室に行ったの」と言い添えていた。髪の束を指先でつまみ上げながら、かなり短くしてみたんだけど、と口にしていた。美容室になんてずっと行っていないのに。

　夫は椅子を戻そうとしていた手を止めて、私を眺めた。こんなふうに彼の視線を浴びるのは、もう思い出せないほど久しぶりだった。夫の顔には多少皺が増えていたけど、大学時代とほとんど変わっていなかった。十九歳で知り合ったときのまま。カピバラに頬擦りしていたときのまま。少しだけ沈黙があって、夫は「似合ってるんじゃないの」と言った。

「そう？　でもあなたはもっとロングヘアーが好きなのかと思ってた」

「でもそのくらいも悪くないよ」

「どれくらい切ったと思う？」

「うーん。10センチくらい？」

夫は鼻の脇を掻きながら答えた。それから私の強ばった表情に気づいたのか、機嫌を取るように笑った。私はこの笑顔がかわいくて、その頃別に好きな人がいたけど、熱心に言いよってくれた夫のほうと付き合うことにしたのだ。私の顔を次々と滑り落ちていく涙に驚いて、夫は「どうした」と言った。昼間肌にたっぷりサンオイルを塗っていたせいで、腕の上を驚くほど涙がきれいに移動した。

「いいの。なんでもない」

「でも泣いてるじゃない。職場で嫌なことでもあった？」

私がさっきまでその愚痴をこぼしていたことなど、彼はすっかり忘れていた。私が小さく首を横に振ると、食卓テーブルをまわって移動した夫は、慣れない手付きで私の肩を撫で始めた。でも私の肩はもうトップサイドデッドリフトによって美しく膨れ上がっていて、撫でてもらっているというより筋肉に触れさせてあげているという感じだった。駄目。もう一緒にはいられない。私は彼の小さな手を取って「あなたは自分のことにしか興味がないのよ」と言った。

「あなたといると、私はどんどん自分に自信がなくなっていく。私ってそんなにつまらない人間なの？」

夫はなぜ急に私がそんなことを言い出したのか分からない様子だった。私はこれ以上涙が溢れないように唇をきつく結んで、彼の目の前で薄手のセーターとスカートを脱いだ。ポージングの練習のために極小のビキニを着ていた私を見上げて、夫は「何それ。いやらしい下着？」と戸惑いながら口にした。私は家を出た。ジムはまだ開いているはずだった。コーチ。コーチ。コーチ！

息を切らせながら駆け込んで来たビキニ姿の私を見ても、コーチは優しくクローズ間際のジムに入れてくれた。「トレーニングがしたいんです」。私は、気持ちを落ち着けながら必死でコーチにお願いした。

「でも過度なトレーニングは体を壊しますよ。休ませるときはきっちり休ませないと」

「分かってます。じゃあベンチプレスを三セットだけ。あれをやると気分が落ち着くんです」

私がさらに頼み込むと、コーチは分かりましたと言って、マシンに触らせてくれた。他に誰もいないジムでバーベルを上げ下げしていると、ぽろぽろと涙が溢れてきた。

「どうしても理解してもらえないんです」

「ご家族の方に？」

「そう。なんにも分かってもらえない」

「ちゃんと話し合ったんですか」

「それでも話し合えない。夫は私のことなんか興味がないから」

「話し合わないと。ボディビルダーはただでさえ孤独なんです」

孤独。コーチの言葉が胸に刺さった。

「もうどうやって乗り越えていいのか分からない」

私はバーベルから手を離して顔を覆った。そして、口にしてはいけない一言を漏らしてしまった。

「コーチが私のパートナーならよかったのに」

コーチは私の呟きを黙って聞いていた。私のことを大事な生徒の一人だと思っていることは分かっていたから、私もそれ以上何も言わなかった。でもトレーニング中に、この人が私の本当のパートナーだったらと何度思ったことだろう。彼は私に限界以上の力を出させてくれた。私の筋肉を作り上げることに、私以上に熱心になってくれた。こんな人はいない。

「落ち着きました？」

コーチが、今の発言は私が取り乱していたからだという空気をさりげなく作ってくれたお陰で、私は頷きながらバーベルを再び手にすることができた。

「僕がビルダーを他のアスリートよりも尊敬するのは、彼らほど哀しいスポーツマンはいないと思うからです。彼らは深い孤独を抱えながら、笑顔を作る。他の表情なんかないみたいに、いつも歯を見せて笑う。僕はそこに人間として生きていく辛さや決意のようなものを感じるんです」

「でも」穏やかなコーチの口調に、私は口答えした。「そうやっていつも笑っていると、自分の本当の気持ちが分からなくなりませんか。本当は泣きたいほど哀しいのに笑うなんて、人間として正しいことでしょうか。私は、私はこんなことならもっといろんな表情を夫に見せておけばよかった。私には彼が知らない、もっとたくさんの豊かな内面があるのに――」

　私はきっと、もうトレーニングには来ない。夫と離婚して、また平凡で地味な女に戻って、中学生の頃ジェットコースターに乗っていたら何かが違ったかもしれない、そうじゃなかったかもしれない、と気の遠くなるような時間を過ごして、少しずつ死んでいく。

　ドンドンドン、とどこかから鈍い音がして、コーチがガラス張りの窓のほうへ近づいていった。私もつられてベンチから体を起こした。ジムの窓の向こうに、夫がいた。一生懸命ガラスに拳を叩き付けているところだった。

「旦那さんですか？」

コーチが言うので、私は啞然としたまま「はい」と答えた。どうしてここが分かったの？　彼はジムのことなんて知らないはずなのに。それに、あんなに取り乱している夫を見るのは初めてだった。裏口から旦那さんを迎えに行って来ます、とコーチがトレーニングルームから出て行ってしまったあと、私はどうしていいのか分からなくなった。若いコーチと二人でいるところを見られてしまった。あんなに興奮して、私を怒鳴りつけるつもりだろうか。でも、でも、これで何もかもがはっきりするのだと思うと、待っている時間が長く感じられた。夫が何か言いたげに分厚いガラスをまだ叩いている。私は立ち上がってそちらへ近づいていくと、おそるおそる彼に向かってボディビルのポーズを取ってみた。両腕を頭の脇で曲げて、胸を張り、逆三角形を強調するようなポーズ。ビキニ姿でそんなことをする私に、夫が信じられない、という顔をする。腰の横で、握りこぶしを固めて何か重いものを引き上げるような格好をすると、もうそれ以上やめてくれ、と夫は苦しげに首を振った。こんな妻の姿を見たくなかったのね。でも、これが、本当の私なのよ。私はポーズを続けたまま、彼の前でしてこなかった、様々な表情を作っていった。寂しかったり、哀しかったりしているときの顔。本当はくだらないと思っているときの顔。あなたのセックスがよくないと思っているときの顔。これが私なのよ。私はもう一度訴えた。私は平凡な主婦じゃない。私は夫に無関心でいられるような、退屈な主婦じゃないわ。

コーチに声をかけられたらしく、彼は裏口のほうへ姿を消した。一気に力が抜けて私はガラス窓の前に座り込んだ。コーチがトレーニングルームのドアをノックするまで何も考えることができなかった。

「旦那さんを連れてきました。旦那さんとよく話し合ったほうがいいですよ。なんていうか、あなたたちはたぶん似たもの同士だから……」

私がコーチの言葉の意味を理解できないでいると、コーチの後ろから、夫が現れた。私は思わず身構えたけど、彼は怒ってはいなかった。彼は泣いてもいなかった。彼は困ったような不安そうな表情で、ゆっくりと私の側まで近づいて来た。

「さっきジムの会員証を見つけるまで気づかなかった。……君がこんなに大きくなってたなんて」

彼は私を抱きしめた。愛おしそうに私の髪を何度も撫でた。

今でも私は体を鍛えていて、天気のいい日はたまにサンオイルを塗って、夫と近くの公園に出掛ける。ドッグランを柵越しに眺めながら鶏肉のサンドイッチを頬張って、たまにだけど葉っぱを踏みしめて、手を繋いだりもする。夫の手は相変わらずアーティストみたいに細くって、私の腕はトレーニングのお陰で野獣みたいにごつごつしている。私たち二人の体格差に道往く人が必ず振り返るけど、私たちはまったく気にしない。

私のポージングは格段にうまくなったとコーチは言ってくれる。「何か一つ、吹っ切れたみたいですね」。職場のみんなとも、オーナーのお陰でまた少しずつ話せるようになってきた。みんながボディビルの大会にも出たらいいと勧めてくれるけど、まだどうするか分からない。でも出ることになったら、お金を出し合って豪華な垂れ幕を作ってくれるそうだ。「一応本人のリクエストも聞いとくけど、なんて言葉がいい？」と今日、お昼休みに聞かれたので、私は冗談で「そうね。〝もうお前はジェットコースターを素手で放り投げられる！〟がいいかも」と答えておいた。春になるまでにもう十五キロ、マシンのバーベルを重くしたい。犬も飼いたい。可愛いヨークシャテリア。

マゴッチギャオの夜、いつも通り

俺の名前はマゴッチギャオ。なんでこんな変わった名前なのかは知らない。俺、猿だから難しいことはあんましよく分かんない。俺、バナナ好きだけど、そのパン屑みたいな餌も好きだよ。ほら、こっち。投げて投げて。

いつものように他の仲間に負けないように、うんといっぱい飛んだり跳ねたりして、高い塀の向こうにいるお客さんたちに、俺は餌をねだった。でもお客さんは一生懸命手足を動かしてる俺を指差しているのに、結局は隅っこでじっ…としてる子にあげてしまう。俺もたまに真似するけど、寝転がってしんどそうにしてると、どさっとくれるよね。うん、くれるくれる。

じゃあ餌の取り合いでみんな、仲が悪いかって言うと、そうでもないよ。

生まれたときからずっと同じ、ずっとここで一緒に育ってるから、ケンカなんかしたって楽しくないし、もちろんボスはいるけど、あの猿は優しい猿だよ。誰も嫌ってない。俺も嫌ってない。飼育員もいいやつ。お客さんも餌くれるから、いいよ。

　ある日の昼間、仲間と蚤《のみ》取りをしていると、何人かの飼育員に連れられて知らない一匹の猿が、ココに入って来た。猿っていうか、なんかもっと違う生き物？　ん、誰。ん、誰あの猿、って感じで、俺らがジロジロ見てると、その新入りはおそるおそる俺らを見渡し、一回後ろの人間たちのほうを振り返って、また俺らのほうを見た。

　新入りが来るのは別に初めてじゃなかったけど、そいつは今までのやつらとは様子が違った。俺らに似てるけど、体つきや顔が違う。飼育員は俺たちに〈チンパンジーだけど、よろしくね〉と言った。〈向こうのチンパンジーたちとはうまく馴染めなかったんで、少しの間だけこっちに来ることになりました〉って。人間の言葉の意味は分からなかったけど、俺はそんなに気にしなかった。いいよいいよ、別に。少し大きい猿でしょ？　でも連れて来られたやつのほうは、二、三十四いる俺らの姿に、しばらく緊張して動けないみたいだった。でもよく見ると、やつは俺らっていうよりか、後ろの人間たちを気にしてるの。ちょっと変わったやつだな、と思った。ボスも、他の猿もみんな気づいたみたいで不思議がってた。そんなやつ、初めてだったから。

　人間たちは、かなり長い間、こっちを観察してた。いつもと違う空気を感じ取って、しばらく俺たちは誰もそいつに近づこうとしなかった。でもようやく人間が帰ったあと、我慢ならなくなったやつが、そいつの側まで匂いを嗅ぎに行って、取っ組み合おうとした。でもそいつ、全然なってないの。手足もうまく動かないし、ろくに威《い》嚇《かく》もできない。俺と同い年ぐらいに見えるけど、ほんとにその辺の雌以下、チビ以下。仲間は一応、挨拶代わりに飛びかかったけど、そいつ、そいつね、なんか死んだふりみたいのしたの！　俺たちは一瞬、えっ、ってなって、それからこいつ気持ち悪い、と思った。だって普通そんなことしないよ。そんな変なこと。仲間が怖くなって噛み付いても、そいつは全身をダランとさせたまま動こうとしなかった。仲間は不気味がって、噛み付くのをやめた。ボスは離れたところからそいつをじっと睨みつけたまま、俺らにどうしろとも言わなかった。そいつは地面にずっとうつ伏せで倒れてた。夜まで倒れてた。すごい根性だなって、みんなちょっと感心し始めてた。誰も死んだとは思ってなかったよ。俺も思わなかった。死んだふりだよ、あれ絶対死んだふり。すごく下手。

　夜中、俺がそいつのところへみんなに内緒で行ってみると、そいつはいつのまにか起き上がっていた。片膝を、こう両手で抱え込むような、仲間は誰もしない形で座って、塀の向こうをやけにじっと眺めてる。俺がそろそろと近づいていって、「よぉ」と声をかけると、そいつはなんだかやたら落ち着いた、気になる目をしていた。なんか深い、仲間が死んだときみたいな目。

「俺、マゴッチギャオ」と俺は言った。

そいつはこっちをほとんど見なかった。塀は高いから、まるで空を見上げて星でも数えてるみたいだった。俺、無視されたのかな。でも不思議と腹は立たなくて、それはたぶん、こいつがやたらいい気持ちになる空気を出していて、答えなくても当然という感じがしたからだった。俺たちより、オッムがいいんだって俺はすぐ分かった。

「あんた誰。どこから来たの」

また無視されるかなと思ったけど、昼間に拾っておいた餌をちょこっと離れたところから差し出して、聞いてみた。そいつはやっと俺の声が届いたみたいにこっちを向くと、俺と餌を見比べた。

「ありがとう」

そいつはひったくるなんてことはしないで、俺の手の下で自分の手のひらを開いた。俺はまるで自分が何かありがたいものを持ってるような気持ちになりながら、餌を離した。すごくおいしいわけじゃないけど、昼間お客さんに向かって一生懸命手を振って集めた餌だよ、これ。

「ありがとう」

そいつはもう一度お礼を言ったけど、またすぐに空のほうを見上げた。俺のことはけろっと忘れてしまった。

「食べないの?」俺はそのまま残って聞いた。「食べない? それ」

そいつは餌のことなんか全然覚えてないみたいだった。たぶん、俺があげたそうだったからもらってあげようと思ったんじゃないかな。ほんとはそんなに欲しくなかったの。俺がまだ近くをうろうろしていると、そいつは、今度は俺のことをじっと見た。俺はなんだかどうしていいか分からなくて「なんでそんなに空見てんの。何がおもしろいの?」と自分も真似して、さっきのそいつと同じ格好をしてみた。かたっぽの膝だけ抱えるような座り方。やってみて、あっと思った。これ、人間がしてる座り方。見たことある。

俺は思い出した。さっきからこいつの目が気になって仕方なかったのは、こいつの目が人間そっくりだったから。

「お前、もしかして人間なの?」俺は聞いた。

そいつは少しだけ黙ったあと、「そうかもしれない」と頷いた。驚いた俺がどういう意味なのか聞き返すと、IQが人間の子供と同じくらいあるんだと教えてくれた。

IQ? IQってなんなのか、俺、知らない。だから「IQって何」と聞いた。

「知能だ」

「知能？　知能って？」

そいつは自分の頭に黙って指をあてた。

「頭、頭なら俺にもある。俺、マゴッチギャオ。お前は？」

そう訊くと、そいつはやっと名前を教えてくれた。ゴードン。

「ゴードンは人間なの？」

「人間にずっと育てられた」

「へぇ、すごいね。人間って優しいの」

「優しい人間もいれば、優しくない人間もいる」

「アッ。それ、俺も知ってる。優しくない人間。たぶんそろそろ来るよ」

急にやつらのことを思い出した俺が、焦ってゴードンの腕を引っ張って立たせようとしたけど、ゴードンは少しも動こうとしなかった。どうしてだと聞いても、何も教えてくれない。俺は座り込んでいるゴードンの後ろに回って、無理やり引っ張っていこうとした。手が何かのせいでぬるっと滑って、どうしてゴードンが動かないかやっと分かった。昼間、仲間に噛まれた傷。血まみれ。ゴードンのいる位置に向かって風が吹いていたから、俺は匂いに気づかなかった。

「ゴードン、お前、死ぬ？」あれ、死んだフリじゃなかったのか。

「分からない。けど、どうでもいいんだ」ゴードンは落ち着いていた。

「どうして？　死ぬのやだろ」

「いいんだ」

「どうして？」

「ずっと人間に実験されてたんだ。こんなところに入れられて、どうしていいか分からない」

「ギャオたちがいる」

「君たちとは違うんだ」

「何が違う？」

「君からはインテリジェンスが感じられない」

インテリジェンス？　俺、インテリジェンス、知らない。

「どうしても動かないの？　ボスがなんとかしてくれるかもよ」

「いいんだ」。ゴードンは苦しそうに息を吐いて、引っ張っていこうとした俺の手をそっと離させた。

「じゃあ、俺もここにいようかな」

俺の独り言に、ゴードンは何も言わなかった。

ゴードンは山の上に寝転がったまま、どんどん弱っているように見えた。俺はずっとゴードンの側に付き添ってた。水や餌も運んだけど、ゴードンはどれもいらないと言って、その代わり俺にいろんなことを教えてくれようとした。

「ギャオ、この地面はコンクリートって言うんだ」

「コンクリート」

「ここは動物園っていう場所で、君らは猿山と呼ばれるところに住んでる」

「ギャオは猿。あそこの塀の上から、みんなが猿だ猿だっていうから知ってるよ」

「そう。ギャオは猿だ」

「ギャオは猿」

「ここは動物園」

「ここは動物園だ」

「あの向こうには何があるか知ってる？」

ゴードンがもうあんまり力が入らなそうな指で、塀のほうをさした。

「人間？」俺は答えた。「あそこからいつも人間がくる」

「あそこには、他の動物たちも閉じ込められてるんだ」

「閉じ込められてる？　他の動物たち？」

ゴードンは脇腹を押さえると、俺には全然分からないことを話し出した。俺は、ゴードンが喋りたいんだろうと思って黙って聞いていた。

「イルカっていう生き物がいる。イルカ。死ぬ前にあれに会ってみたかった。イルカは私たちとは全然別の生き物、水の中にいる生き物で、人間からとても愛されてるんだ。なんでかっていうと――」ゴードンはまた痛そうに顔をしかめた。「なんでかっていうと、彼らは人間と気持ちを通じ合わせることができる。それに口の端がこうぐっと持ち上がっていて、それがいつも笑ってるように見える」

「口の端？　上がってる？　こう？」俺は手で顔を動かして、ゴードンに見せた。

「そう、それが笑顔」とゴードンは言った。「笑顔だと人間と気持ちが通じ合う。イルカはどの動物より人間に愛されてる」

俺、ゴードンは人間に愛されたかったんだな、と思った。でも俺、そんなこと思わないからな。人間は餌くれるからいいよ、ってだけ。なんでそんなに愛されたいのかは、あんましよく分かんない。ゴードンは疲れたみたいでまた眠ってしまった。俺はその隣に座ってたけど、段々寒くなって来て、一回寝場所に帰ろうかな、って考えてた。向こうの塀の近くのほうが温かくて、みんなそこで寄り集まって寝てる。こんな山の上のほうでは誰も寝ない。コン、ク、リートしかないし、寒いから。

　でもそのとき空から何か降って来て、すごい音とともに辺りが明るくなった。バチバチバチって、耳が痛くなるほどの大きな音。俺、あ、やっぱり今夜も来た、と思った。最近、よく来る。夜になると、あのバチバチする痛いやつを塀の上から何人もの人間が投げてくる。〈鳴き叫べ、猿ども！〉って声がして、俺がいつもみんなと寝てる温かい場所にも、それがいっぱい放り込まれた。バチバチバチが誰かにあたったのか、ものすごい悲鳴がして、みんなが一斉に散らばった。一気に騒がしくなった。俺はゴードンを起こそうとした。

「ゴードン、早く隠れろ。あれ、当たったらすごく痛いぞ。真っ赤になって、治らないぞ」

　ゴードンは薄目を開けて、首を振った。

「ゴードン、俺、行くぞ。逃げる」

　ゴードンは何も言わなかった。バチバチバチが俺たちのすぐ側に落ちて来る。明るくなった瞬間、空を向いて倒れているゴードンと目が合った。ゴードンは体を震えさせて「行かないでくれ」と俺の手を摑んだ。「行かないで、ギャオ」

俺はゴードンの手を振り払って、逃げた。だってバチバチが当たった仲間は何日もずっと顔から赤い肉が見えていた。食い物も食べられなくなっていた。あの、バチバチはすごく怖い。ハナビ、って言うんだ。

〈あそこに動けない猿がいるぞ、狙え！　集中攻撃だ！〉

人間から見えない場所まで俺が走ったあと、ゴードンのほうにあの気絶するほど痛いバチバチバチがいろんなところから飛んでくるのが見えた。すごい音。ゴードンの周りが昼間みたいに明るくなる。でもゴードンは少しも動かずに、小さな山の上に横たわっていた。キィイという声がして、ゴードンの叫び声だと分かった。何度も鳴いている。キィイ。キィイイ。キィイイイイ。人間たちは喜んでいた。俺はずっと耳を塞いで何も聞こえないようにしていたけど、今までで一番大きなドン！　という音と、人間の嬉しそうな声が耳に入って来て、とうとうゴードンのほうへ戻った。人間は誰も俺のことに気づいていない。もうゴードンだけ狙えればいいみたいだった。

小山の陰まで来ると、ゴードンの姿が見えた。体にあのバチバチがいくつもあたって、皮膚がめくれて、いろんなところが真っ黒になっていた。

「よぉ！」俺は離れたところから声をかけた。

ゴードンが俺のほうを見たような気がした。ゴードンは人間に向かって一生懸命笑っていた。歯を出して口の端を持ち上げようとしていた。あ、イルカだ、と俺は思った。ゴードンは心が通じ合うイルカになろうとしてたの。でも人間たちは少しもバチバチの手を止めず、次々ゴードンに命中させていった。ゴードンは当たるたび、ぴくぴくと体を震えさせていたけど、そのうち人間が石を投げ出して、俺の頭くらいのやつが腹にぶつかったあと、動かなくなった。ゴードンは、死んだ。

俺たちは人間が帰ったあと、ゴードンを囲んで祈りを捧げた。ボスがそうしていいって言ったからだ。俺たちがみんなで踊って、鳴き声をあげていると、いつものように、さっきのバチバチバチよりももっと明るいけど静かな光が真ん中に集まってきて、ゴードンの体が宙に浮き上がった。ゴードンが目を覚ましたとき、バチバチバチで傷ついた体は元通りになっていた。仲間にかまれた傷もなくなった。この方法はなんでだか、死んだ猿にしかきかない。リンゴやバナナを増やそうとしても、大体はなんにも起こらない。ゴードンが驚いた顔をして、「君たちは死んだものを生き返らせることができるのか」と当たり前のことを聞くから、俺は「そうだよ」と教えてあげた。「それは〈奇跡〉と言うんだぞ」とゴードン。

「そうなの？　俺、〈奇跡〉知らない」

俺たちはまた眠りにつくために、寝場所に戻ろうとしていた。今日はゴードンの他には誰も怪我をしてないみたいだった。

「〈奇跡〉はいつでも起こせるのか」

ゴードンは、俺と入れ替わったみたいに次々といろんなことを聞いてきた。

「どうしてそんなすごい力を使って、ここから外に出ようとしないんだ」

「ここの外に何があるか知らないからだよ」

「知りたいと思わないのか」

「何があるか分からないのに?」

「ちょっと待って。聞いてくれ。君たちの力は——」

「君じゃない。俺にはちゃんと名前があるだろ」

ゴードンはバチバチバチに散々やられたショックで、よく思い出せないみたいだった。ええと、ええと、と何度も呟いている。だから俺は言ってやったの。

俺の名前はマゴッチギャオ。なんでこんな変わった名前なのかは知らないよ。俺、猿だから難しいことはあんましよく分かんないんだよ、って。

亡霊病

【亡霊病】は、その人が人生の中で一番幸せかもしれない、という瞬間にかかる率が高いと言われています。

アタシはそのとき壇上の椅子に座って、真面目な顔で主催者の人の挨拶を聞いていた。両隣には同じようにこのコンクールで入選した人が座ってた。どの人も落ち着いていて、セレモニー後半で回って来るスピーチがちゃんとうまく話せるだろうか、なんて少しも心配していないみたいだった。みんな堂々として見える。今年もっとも輝いた人間、という自信が溢れ出しているように見える。アタシはなんでここに自分がいるのか、まだよく飲み込めていなかった。舞い上がっていて、主催者の人が話している内容の半分も理解できていなかった。こんなに大きなホテルでフラッシュを浴びながら、賞を授与されるなんて経験したことがなかったのだ。

入選した五人の名前が順番に呼ばれ、アタシも他の人の真似をして、自分の名前が告げられたあと「ありがとうございます」と小さく頭を下げた。審査員長がマイクの前に立ち、コンクールの総評を始めた。まず最初にここに並んだ全員を高く評価します、と会場のみんなに伝えてくれた。

アタシは恥ずかしくて思わず会場を見回した。たくさんの招待客。たくさんの関係者。そこまでたくさんではないけど、大事なアタシの友人たち。お世話になった人々みんな。両親。全員がアタシから見られてるとも知らないで、ぼんやりした顔で座っている。今の言葉、ちゃんと聞いててくれたんだろうか。高く評価しますなんて、今まで誰にも言われたことがなかった。アタシはずっと自分のことを馬鹿で、気のきかないノロマで、夢見がちの世間知らずで、みんなの嫌われ者だと思っていた。嫌われ者は言い過ぎだとしても、好き好んでアタシと一緒にいたいなんて思うはずない。でも、今日アタシはこんなにも堂々と、〝よかったよ〟と認めてもらえた。今まで報われなかった努力を評価してもらえた。

この後のスピーチでアタシはどれだけそのことによって救われたのかをうまく言葉にして、自分にできる最大限の感謝を表すつもりだった。何日も前から寝る間も惜しんで、メモまで作っておいたのだ。式が進んで、高まる興奮を鎮めようと深呼吸をしたそのとき──自分の左手首に【亡霊病】の兆候が出ていることに気づいた。

【亡霊病】の最初の兆候が現れてから、症状はまたたく間に全身に広がります。個人差はありますが、三十分〜一時間と言われています。残された時間はほとんどありません。

アタシは息を呑むと、誰にも見られないように握っていたハンカチで左手首を隠し、席を立って壇上を離れた。会場の隅でこの式の進行を見守っている関係者の人に声を掛け、「あの……」と言いかけたけど、唇が固まってそれ以上言葉が出て来ない。おかしな沈黙ができてしまった。アタシの額から汗が吹き出ているのを見て、誤解したその人は「あ、水ならありますよ」と後ろのテーブルに並んでいたペットボトルを微笑みながら差し出してくれた。

アタシは一瞬どうするか躊躇ったあと、それを受け取って、結局何も言わずに席へ戻った。今日という日を台無しにしないためにはどうしたらいいか。そのことしか頭になくて、気分が悪くなったと嘘を吐いてここを出て行くべきだったと座ってしまってからやっと気づいた。ここでもう一度席を立てば、きっと誰かが怪しいと感付くはずだ。パニックが起こるかもしれなかった。この病気は人生で幸せな瞬間になりやすい、と誰もが知っているからだ。

公の場で【亡霊病】の兆候が現れたら、すみやかに人気のないところまで移動し、事態の混乱を避けましょう。その際、一部で使われている【悪霊病】という俗称を口にしないよう注意してください。悪霊の祟りでこの病気が空気感染すると信じる人がいます。医学的になんの根拠もないデマですが、集団パニックがしばしば引き起こされます。この病気は症状が進むにつれ外見上に大きな変異が現れるため、「情報のケア」が重要なポイントとなります。

つけてもいない腕時計を覗くふりをしながら、そっとハンカチをずらした。【亡霊病】の初期症状は外見には現れません。やっぱりそうだった。さっきは手首の一部にしかなかった、「自分じゃない感覚」が腕全体まで広がっている。なんでこんなことが。アタシは思わず立ち上がり、自分の目線が高くなったことに気づいてすぐに座り直した。できるなら左腕を丸ごと切り落としてしまいたいと思った。でも無駄なのだ。そんなことはもうとっくに世界の誰かによって試されていた。

「自分じゃない感覚」という自覚症状に続き、以下の身体的変異が周囲にも明確な症状として表れます。

一　体が数センチメートル浮き上がり、秒速十メートルで平行移動する。
二　口からエクトプラズムを吐き出す。
三　壁のような物質を通り抜ける。
四　身体が段々薄くなり、自然消滅する。
五　短時間で性格が変貌する。

※以上のうち、五の「性格の変貌」には細心の注意が必要です。どんなに穏やかで温厚だった人も、静かで理知的だった人も、元の性格にかかわらず醜い顔つきで口汚く暴言を吐き尽くし、家族を始め周囲の人間の心に修復できない傷を残すことが知られています。また、彼らの最後の肉声があまりに苦しげで生々しく悪鬼の様相を示すため、それが患者たちの本性だったのではないか、と疑う人がいます。しかし、今のところ「本性」か「症状」かについては専門家の意見も二分されていて、さらなる研

究が待たれています。

　やっと審査員長の総評が終わった。一体、どれだけ長々とこの人は話していたんだろう。十分？　十五分？　お辞儀をして審査員席に戻っていくのを横目で見ながら、アタシはまだ自分の意識がしっかりしているかどうか、拍手の代わりに手のひらに爪を強く突き立てて確認した。大丈夫。痛みはある。一度だけ、道であれにかかった人を見たことがある。恐ろしいほどの早さで宙に浮いて移動していた。口からびよびよぶよぶよした白いものを吐いていた。自分がもうすぐそうなるなんて、どうやって想像すればいい？　アタシには自分がこれから亡霊になる実感が、どうしてもうまく湧かなかった。

「それでは、花束の贈呈です」と司会の男の人が言った。花束の贈呈。今のアタシにはでたらめな言葉にしか聞こえなかった。花束の贈呈。花束の贈呈。アタシたち入選した五人は名前を呼ばれたら「はい」と返事をし、一人ずつ壇の中央へ出なければならないのだ。前の二人が順に呼ばれて出て行くのを見送ったあと、自分の名前が呼ばれる少し前に、下半身に力を入れて勢いをつけて立ち上がった。少しぎくしゃくしながらも中央まで進み、アタシはスーツを着た女性から花束とメダルを受け取ることができた。よかった、誰も変な顔はしていない。

みんなと並んでフラッシュを浴びていると、やっぱり緊張しすぎて、ちょっと自律神経が乱れてしまっただけなのかもしれない、と思えてきた。こんな華やかな場所は初めてだから、身体が一時的に麻痺してしまっただけなのかもしれない。おめでたい席で早とちりして騒ぐなんて馬鹿みたいだ。ほら、笑って。カメラマンの人が「こっちに目線を下さい」と手を振ってる。他の入選した人たちとあちこちに体の向きを動かしてると、アタシだけ「表情をもっと下さい」と言われる。アタシは笑っているつもりだったから、これ以上どうすればいいのか分からなかったけど、言われた通りに精一杯口の端をあげた。でもカメラマンはレンズを覗いたまま「表情をもっと下さい」と言う。深呼吸しよう。……一回。……二回。

撮影が終わったあと、花束もメダルも落とさず、席にどうにか戻ることができた。ほらね。一万人にたった一人の確率なのに、アタシのはずない。なんにもいいことがないまま、それでも真面目にこつこつ生きてきたんだから、【亡霊病】になんてなるはずがない。でも椅子に座った途端、左腕から力が抜けて、花束を持っていられなくなった。胸ポケットにつけていた、受賞者に渡される赤いリボンでできたネームバッジを外すと、アタシはジャケットの下に手を滑り込ませてみた。鎖骨の辺りを右手で押してみるけど何も感じない。どうしよう、どうしよう、どうしよう。
いよいよ右端の人から順番にスピーチが始まった。アタシは壇上に座り続けた。誰の言葉も耳に入ってこないのに、夢中で他の人のスピーチに頷いていた。体の半分が、ふわふわ別の生きものみたいになってしまった気がする。

患者は病気を隠そうとするあまり、日常と同じ行動を取ろうとすることがあります。【亡霊病】の初期症状は外見に現れませんが、周囲の対処法としては、できるだけこの時期に罹患者を発見することが望ましい。そして可及的速やかに猿ぐつわを噛ませ、手を縛るのです。何よりも、患者に喋る機会を与えてはいけません。この処置の重要性については、官公庁からもメディアを通じてメッセージが伝えられています。にもかかわらず、いまだ「家族を動物のように扱えない」「非人道的だ」という声が聞かれます。それは大きな間違いです。こういった態度が病気による悲劇を拡大するのです。正しい知識を持つことが大切です。

ああ、家族に確認しておくんだった。アタシも口から血が出るほど縛られて、動物のように苦しまなければいけないんだろうか？　それとも何があっても人間として扱ってもらえる？
スピーチ。誰かが喋ってる。こんな名誉なこと、とか、これを励みに、とかそんなこと。でももうアタシは聞いているようにすら振るまえなくなっていた。本当にアタシは亡霊病なんだろうか。時計が見たくてしょうがない。どうしてこの会場の壁には時計がかかってないんだろう。腕時計。今日に限ってしてこなかった。亡霊になるまで、一体あとどれくらいなんだろう。痛みがないから、よく分からない。でもそもそも本当に、本当にアタシは亡霊病なんだろうか。

患者の思考は堂々巡りをします。

隣に座っていた受賞者が、アタシの呼吸が荒いことに気づいたのか「そんなに緊張しなくても大丈夫よ」と、式の初めに配られた小冊子を口元にあててひそひそと囁いた。「みんな、言うことなんかなんにも考えてきてないんだから」
アタシはそのコーンフレークのような彼女の息の匂いを嗅ぎながら、そうですよね、と掠れた声で返事した。彼女の腕に華奢《きやしや》な時計が巻かれているのを見つけて、思わずその手首を握りしめそうになったけど、そうしなかったのは、自分の腕が驚くほど重たくなっていたからだ。彼女のひそひそ声に相槌を打ちながら、アタシより一回りぐらい歳上に見えるこの女の人が、悪霊病説を信じていたらどうしようと、そればかりが不安になった。空気感染を信じる人だったら、アタシと話したことで自分も悪霊病を発症するんじゃないかと恐怖し続けるに違いない。今になって、やっぱりもっと前に会場を出て行けばよかったと、叫び出したくなるほどの後悔が押し寄せてくる。でももう遅い。アタシの足はもう両方、自分のものじゃなくなってしまったのだ。もう自分じゃどこにもいけない。この壇上の席から動けない。みんなはアタシの両親を責めるだろうか。国民としての義務を怠ったとかなんとか。でもそれは全部、会場の隅にいた男の人のせいだった。ペットボトルを渡してきたあの男の人。あの男のせい。

やっと一人目の受賞者のスピーチが終わって、アタシは拍手できない代わりに、頭を前後に揺り動かした。いつも、こうだった。アタシは全部後から後悔する。あの時ああしていればよかった、こうしていればもっと—。きっと亡霊になる間際になれば、アタシは生きてきたこと全部を後悔するに違いない。なんであれをしてこなかったんだろう。なんであそこであれを手放してしまったんだろう。なんであのとき楽な道を選んでしまったんだろう。どうせこんなふうに亡霊になるなら、全部一緒じゃないの。苦しくても辛くてもいいから経験しておけばよかった。嫌味や皮肉や愚痴に膨大な時間を使った。あそこに行きたかった。あれを学びたかった。もっと友人と遊びたかった。激しいケンカもしてみたかった。もっと男の人を好きになってみたかった。もっといろんな世界を知りたかった。もっと、もっと、もっと。

アタシは、その後悔が押し寄せて来る一瞬を想像して、胸が張り裂けそうになった。大事な最後の時間を、そんなふうに苦しんでいくだなんて。もし体に痛みがあってもどうでもいい。亡霊になっていくこともどうでもいい。ただ、最後の最後でそんなふうに、後悔にまみれて「もっともっと」と泣きじゃくるのが嫌だった。アタシは会場に視線を泳がせながら、足らない足らないと自分を責めた。

口を塞がれる直前に、患者たちは以下のような言葉を残しています。

「ああ、誰かとこの気持ちを分かり合いたい」

「誰かに抱きしめてほしい」

「（意味の不明な呻き声）」

「この世から消えていく人はみんなこんな気持ちだったのね」

「こんな怖いことに一人で向き合うなんて！」

いつもはスーツなんて着ないのに、一生懸命着飾っている父さんと、きれいにしてる母さんが見える。やっと少しは人に自慢できる子供になってあげられたと思ったのに、やっと三人でどこかへ出掛けたりできると思ったのに、もう二人はアタシのことで笑い合うこともないのだ。初めて親孝行ができると思ってた。アタシの口と鼻から、うえっと何かがこみ上げて、必死でハンカチで押さえておそるおそる開いてみると、エクトプラズムが出始めていた。

エクトプラズムとは、白い、もしくは半透明のスライム状の半物質のことです。

拍手。ようやく隣の女の人が立つ。早く。早く終わって。まだ間に合う。アタシはみんなに最後の肉声を届けることしか考えられなかった。

最も危険なのは、「その時」が来るギリギリ直前なら、本当の思いをまだ届けられるという、甘い考えです。

みんながアタシのことを何も知らないまま──亡霊のほうのアタシが本物だと思い込んだまま生きていくなんて耐えられない。まだ何も伝えてない。

アタシの体はもうほとんど動かなかった。胸から上だけがかろうじて自分の意志でどうにかなるだけだった。肺が苦しい。アタシは咳払いをし、目だけで壇上の進行役の男の人にトラブルが起きたことを伝えると、唇の動きが一度で読めるように彼に向けて大きく顔全体を動かした。〝マイク。マイクを持って来て。動けないの。マイクを〟

男の人がはっとした表情になって、まさか、とアタシの目を覗き返して来た。そうだ、と苦しげに小さく頷くと、彼がとっさに腰の後ろ辺りに手を当てたので、アタシは頭を思いきりかち割られたような気持ちになった。そんな。彼はロープを持っている。アタシみたいな人間が出たときのためにちゃんと用意していたのだ。

彼は緊張した表情で、二度三度、マイクの前でスピーチしている別の受賞者に視線を走らせた。アタシは痺れのような心地よい感覚が段々と首のほうまで上がってきているのを感じながら、必死に彼へ自分の気持ちを届けようとした。大丈夫。必ず間に合わせるから。少しだけ、ほんの少しだけ人間として言葉を話させて。せめて人間として最後に何かを残したいの。このまま亡霊になるのは嫌。何かを残したい。ねぇ、誰だってそうでしょ？　自分が確かにこの世に生きていたという証しみたいなもの。それとも、そんなものは初めからどこにもないの？　みんな、最後は亡霊のようにきれいに消えてなくなるだけなの？　アタシだけじゃなく、ここにいるみんな――。

男の人は腰に手をかけたまま、小さく首を横に振った。すごい、はっきりと〝ノー〟だ。亡霊になる者に少しも同情はしないってわけね。冷酷。笑えるほどだった。

患者の発病に気づいたにもかかわらず見過ごしたとして、知人の男性が保護責任放棄罪で、患者の家族から訴えられたというケースもあります。

アタシはあの女の人のスピーチが終わった瞬間、口を血が出るほどきつく縛られるんだろう。あのロープのようなものは、ちゃんと医療用の、国で推奨しているやつだろうか。口の端がなるべく裂けないようにソフトな素材がいい。痛みなんて関係ないと思ったけど、やっぱり最後のときくらい血が吹き出るような思いはしたくない。アタシは充分、いろんな悩みや苦しみと葛藤してきたのだ。ずっと辛さに耐えているようなものだった。空気を吸っているだけで吐きそうになるほど、生きづらくって、誰にも認められず一人ぼっちで、たまに本当に消えてしまいたくなるほど自分のことが愛せなかったけど、それでもなんとか生きてきたのだ。毎日が嫌だった。でも今日、やっと、やっと、世の中もまんざら捨てたもんじゃないと思えそうだったのに。ソフトな素材がいい。どこの誰がこんなひどい人生を見て喜ぶのか分からないけど、アタシがもうこれ以上苦しむ理由はどこにもないはずだった。アタシは最後までちゃんと生きることに耐えたのだ。ソフトな素材を用意して。

父さん、母さん。アタシは二人を見た。何も知らないで、次のアタシのスピーチがうまくいくか、そわそわしながら待ってる。アタシは亡霊になった自分の言葉に、あの二人が傷つかないことだけを願った。どうか惑わされないでほしい。もしかしたらあまりに生々しい肉声で、今まで言えなかった本音も混じっているのかもしれないけど、アタシはアタシに生まれてこられてよかったと本当に思ってる。生きづらい部分もあったけど、二人のことはもう恨んでない。それに—それに、今はそういう感情全部が通り過ぎていこうとしていた。さっきまであった恐怖や不安が、すごい勢いで薄まり始めていた。このまま身を任せてしまってもいいんだろうか。本当にこのまま楽になってしまってもいいんだっけ。もういいはず。誰かがお疲れさまと言ってくれているのだ。

アタシが力を抜きかけたとき、右隣の男の人が床に落ちていたハンカチに気づいて、「はい」と膝の上に乗せてくれた。アタシは──アタシは最後の力を振り絞って、そのハンカチを膝から払い落とした。右隣の男の人はもう一度拾ってくれたけど、アタシはそれもまた払い落とした。本当はまだ諦めたくなかった。本当は消えてしまいたくなかった。嫌だ。アタシは亡霊になりたくない！　亡霊になんかなりたくない！　お父さん、お母さん！

でも──そこまでだった。やがて、どれだけ力を振り絞っても小指すら動かせなくなった。まだやりたいことがたくさんあったのに、時間は残されていなかった。お父さんとお母さんに伝えたかった。大人になって一度も本音を言わなかったことや、二人は生きてるんだからやりたいことがあったら、すぐにでもしたほうがいいよという話。二人には幸せになってほしいという話。お父さん、お母さん、本当にありがとう。アタシを疑わないでね。亡霊の言葉なんか信じないで。お父さん、お母さん。ありがとう。心配しないで。心配しないで。思ったより怖くない。

顎のすぐ下まで麻痺が始まってる。アタシは友人たち、お世話になった人たち全員に心の中でお礼をして回った。終わるとあとは何もせず、思ったより怖くない、と繰り返しながら、自分の体が亡霊になるのを待った。会場の小さな窓から、昨日までと少しも変わらないみたいに、晴れ渡った空が見える。足が椅子から少しずつ浮き始めた。前の人の長かったスピーチが終わって、会場に大きな温かい拍手が起こった。包み込まれるみたいに力が抜けていく。アタシは噛み締めた。人生で、一番、幸せな日。

症例・六

Ａ子さんは贈呈式の最中に、発病しました。司会者が気づいたときには症状はすでに現れていて、宙にほんの少しだけ浮き上がった状態のままＡ子さんは凄まじい早さで壇上中央のマイクの前まで移動しました。亡霊病では理性的な言語機能を早い段階で喪失してしまうのですが、別人のような顔つきで患者がスピーチを始めたこのようなケースは例外と言えます。エクトプラズムを吐き出し続けたまま、Ａ子さんのスピーチは約一分ものあいだ続きました。周囲への感謝の言葉から始まりましたが、段々猥《わい》褻《せつ》なスピーチになっていきました。Ａ子さんはみんなが見ている前で会場をグルグル失言や暴言が混ざり出し、やがてその場にいたすべての人に悪夢として記憶される猥と旋回し、人体自然発火現象によって髪の毛を燃え上がらせました。そして壇上にいた審査員や、客席の友人、家族に吐き気を催すほど聞くに堪えない悪口雑言を浴びせ、最後に渦に飲み込まれるかのように会場の天井に消えていきました。贈呈式という大人数の面前で怨嗟《えんさ》や殺意の声を聞かされたご家族の哀しみはいまだ癒えておらず、専門家による精神面の治療が今も続けられています。

タイフーン

「食べな。これ、すごくおいしいんだ」

屋根がある駅前のバス停で雨宿りしながらお母さんを待っていると、傘を持ったおじさんが、そう声をかけてきた。

いつのまに隣にいたのか、ぼろぼろの服を着たおじさんは人なつっこい笑顔で、僕に袋に小分けになったお菓子を差し出し、お腹すいてるだろ、食べな、これすごくおいしいんだ、とまた言った。

巨大な台風が直撃していて、凄まじい風が耳のすぐ横で唸ってるのに、おじさんの酸っぱそうな臭いを嗅いだ気がした。

僕は「わぁ。クッキー！」と子供らしく受け取った。緊張しながら食べるふりをしてそのクッキーをこっそり握りしめていると、おじさんが駅から伸びる広い道が細い道と交わる交差点を指さして、急に言ったのだ。ああいう人たちを馬鹿にしちゃいけないよ、って。

おじさんの指の先には、嵐の中、傘をさして必死で信号待ちをしているスーツを着た男の人がいた。

僕は顔には出さなかったけど、なんで考えてることが分かったんだろうと怖くなった。僕はさっきからずっとそういう人たちを何人も眺めて、おもしろがっていたのだ。

テレビの台風中継を見るたび不思議だった。この人たちって、ほんと何考えてんの。洋服も、髪の毛も、たぶん靴下まで全部濡れてるのに、ほとんど閉じてしまう寸前まで傘をすぼめながら一心不乱に歩いて、オツムが弱いんですかね、大人のくせに傘教の信者ですか？　って感じで。でも、そういう気持ちは今まで誰にも言ったことがなかったのだ。

「見てろ、もうすぐ骨だけになるから」とおじさんが言った。なんのことだか分からなかった。でも、その口調が船長みたいに力強かったから、僕はおじさんのごつごつした指の先にいる、交差点脇のガードレールにしがみつくスーツの男の人に目をやった。さっき僕も横殴りの雨を受けながら、風に押されて車道に出てしまいそうになった場所だ。あそこは交差点だから、強風がもろに吹き込んで来る。

3！　2！　1！

おじさんの叫び声とともに男の人の傘があっという間に茶碗みたいに逆さまになり、ナイロンの布地ははぎ取られて、傘の骨が剝き出しになった。僕は声が出せなかった。本当に掛け声とぴったり同時だったのだ。

こんな人にかかわっちゃいけない。頭では分かっていたのに、僕にはおじさんの汚い格好やひどい臭いがあまり気にならなくなってきていた。おじさんがもう一つクッキーの袋をくれて、僕は走り出そうか迷ったけど、受け取って齧《かじ》る演技をした。そんな僕に気づかず、おじさんは「話を聞きたいか」とどこか遠くのほうを見ながら呟いた。僕が黙っていると、おじさんは勝手に語り出した。深い森の奥地にすむ小さな男の子が、外国人が村に持ってきた一本の傘をもらうために何をしたのか、という話だった。

「木の枝でぶち合ったんだ」と、おじさんは言った。もつれた長い髪の毛が風のせいで、おじさんの顔を回りから食べているみたいに見える。

「木の枝？」

「そう、その村には昔から年に一度だけ、木の枝で順番に相手をぶっていく大人の男だけのしきたりがあったんだよ。それで村長が一番最後まで声を漏らさなかった男に、傘をやるって決めたんだ。村人みんな、傘が一体なんのための道具なのかまったく分かってなかった。自分たちと同じように、外国人がこれで人をぶつんだろうと思ったのさ。雨に濡れたくないなんて誰も思わなかった。その村では雨は森の精霊が降らせていて、自分たちが死んだあと虫に生まれ変わるために必要なものだと言い伝えられていたからな。人間は虫に生まれ変わるんだよ、その部族の言い伝えでは」

虫の卵みたいな小さな粒々が密集しているのをじっと見たときにそっくりの、ぞぞっとしたものが背中を這い上がって来た。森の精霊、という言葉を聞いた途端、僕は急におじさんの横にいることに怖さを感じて焦り始めた。もしかして今ってすごいヤバい状況？　おじさんの握りしめた、尖った傘の先がさっきよりずっと気になる。もらったクッキーを見つからないうちに慌ててズボンのポケットにつっこんだ。おじさんは相変わらず髪の毛に顔を翳られながら、喋り続けていた。

「男の子は傘がどうしても欲しくて、村の男たちが互いを木でぶち合うしきたりに子供として初めて参加したんだ。そして、相手の大男にどれだけぶたれても、とうとう一言も声を漏らさなかった。小さな男の子が、一言もだぞ。相手の大男が腕の痛みにうめき声をあげてぶつのをやめたとき、男の子は倒れて動かなくなった。死んでしまったんだ。どうしてそこまでして男の子は傘が欲しかったのか分かるか？」

突然そう聞かれて、僕は慌てて「あ、分かんないです」と首を振った。

「傘で人が飛べると思ってたんだ」

話が終わったらしくてほっとするのと同時に、おじさんの答えに、僕は少しだけがっかりした。おじさんの話に何かもっとエッジの効いた、イケてるオチがあるんじゃないかといつのまにか期待していたのだ。お母さんはまだだろうか、どうやってこのまま安全にこの場を離れようかと考え始めていると、おじさんはまた傘を必死にさしているさっきとは別のずぶ濡れの男の人を指さして言った。「あの人たちも、みんな未だに信じてるんだ」。さっきと同じようにおじさんが3、2、1と数えた瞬間—僕は自分の目の前で起きたことが信じられなかった。

傘をすぼめてよろめいていた男の人が、ガードレールを踏み台に思いきりジャンプしたかと思うと、そのまま風に乗ってあっという間に空高く舞い上がったのだ。「やったな!」とおじさんは空を見上げてガッツポーズした。「あいつは腰がしっかり低く入ってたから、やるんじゃないかと思ってた!」

僕はスーツの人が飛んでいった方向を、バス停から顔を出して慌てて確かめた。目に入って来る髪の毛や雨水を払いながら必死で探してみると、黒い雲のあいだに小さな人影がいくつも浮いていた。僕は口を開けたまま、瞬きすることもできなかった。

みんな傘に振り落とされまいとなりふり構わずしがみついている。五十人か、百人か、それ以上。

おじさんはそんな僕のすぐ後ろにいたはずなのに、我に返って振り向いたときには、もうどこにもいなかった。いや、バス停にはいなかった。

「**バイビー!**」。そう頭の上のほうからはしゃいだおじさんの声がした。「**バイビーバイビーバイビー!**」

あれから僕は台風中継で、傘が骨だけになる瞬間を繰り返し映されるずぶ濡れの人を見ても、滑稽だとか、頭悪いんじゃないですかね、なんて思わなくなった。嵐の日に傘を意地でもさそうとしている人に道ですれ違っても、彼らは僕なんかよりずっとセンシティブで、大きなことに挑戦しようとしている勇敢な人間だと思った。いつか、僕もしらけた顔で台風の日に雨宿りしている男の子を見つけたら、話しかけてあげたい。このクッキーすごくおいしいから食べなって。

おじさんにもらったクッキーを、帰り道おそるおそる口に入れてみてびっくりした。本当にすごくサクサクで、それまでの十一年間に食べたクッキーの中で一番おいしかったのだ。

おじさんは次の日、隣町で潰れて発見されたけど、今でも僕は飲み会で、なんか楽

しませろよと言われるたび、必ずこの話をする。うまく最後まで聞かせられれば、

「**バイビーバイビーバイビー！**」のくだりで大盛り上がり間違いなしだ。

Q

&

A

これまで私は数多くの女性から寄せられる悩みにQ&A方式でお答えしてきましたが、長く続いたこの看板連載もそろそろ終わりにするときが近付いてきました。みなさん薄々お気づきの通り、「女性としての輝き」だの「ナチュラルなライフスタイル」だの寝ぼけたことを言ってられる限界が、私にも近づいて来たのです。精神的な面だけでなく、肉体的な問題も含めて。私は今、病院のベッドの上です。

この連載をやめさせて頂きたいとお願いしたら、編集部のみなさんは考え直してほしいと引き止めて下さいました。雑誌創刊時からの人気連載だから、ここまで来たらライフワークにしてほしい、何歳になっても美を追求するおばあちゃまとしてまだまだイケる、と嬉しいことも仰って下さいました。残念ながらご期待に添うことはできませんが、今回、〝あなたの可能性は、私たちすべての女性の可能性です！〟という、総力を挙げた58ページもの大特集を組んで下さるとのこと。私自身、最後にできる限り、たくさんのご質問に答えて協力できればと思います。それではまず編集部から、〝私たちがみんな知りたい！　今さら聞けない13の質問〟です。よろしくどうぞ。

Q．自分が世間に持たれていると思うイメージは？

A．①男性にも女性にもモテる、②芯がある、③年齢を重ね、いろいろな経験をし、女性として洗練されている、④家族との約束を大事にする。

Q．三十代の頃のことを教えて下さい。

A．三十歳を過ぎてから女性誌のカバーモデルとなり、様々な取材を受けるようになっていた私は、少し肩肘張っていい女としての発言をしていたかもしれません。三十代の女性たちがみんな、出産育児を経て生き生きしている私を見ていると、自分たちもまだ女として輝けるんじゃないかと希望が持てる、と喜んでくれたことが印象的です。この頃、私はとてもポジティブに、みなさんの理想として生きることに喜びを感じていました。素質も少なからずあったのか、やがて私はいつどこでもご意見番としての役割を求められるようになり、この雑誌で始まったQ&Aが、その地位を揺るぎないものにしたのです。

Q. 注目されて辛かったことはなんですか。

A. 期待が高まっていました。恋愛を知り尽くした女。洒落の分かる女。真似をしたくなるファッションセンス。気負わないライフスタイル。オープンに語られるセックス観。有象無象。私は必死でした。

Q. これまで一体どれくらいの質問に答えてきたんでしょう。

A. 数千？ 数万？ 私生活で出会う人ですら、初めて顔を合わせて一分以内に悩みを打ち明けずにはいられないみたいでした。この雑誌は二十代から三十代の女性が主な読者ですから、質問のほとんどは恋愛相談です。人の恋愛相談というものはみなさんが思っているより、ずっと個性がないのです。大体が、好きな人から連絡が来ない、浮気されている、セックスしてもらえない、彼氏がクソ、のどれかです。

Q．ご意見番ならではの悩みは？

A．美容室に入っても食事をしていてもペットを散歩させていても、段々と日常ずっとQ＆Aをしているような感覚にとらわれていきました。たとえば昼食中にナイフをテーブルの下に落としてしまったとしても、私の頭の中には〝いい女なら自分で拾う？　ウェイターに拾ってもらう？〟、道を歩いていても〝いい女なら右へ行く？　左へ行く？〟、セックスの最中も〝いい女ならこのままエクスタシーを迎える？　迎えない？〟

Q．四十代の頃も女性誌の世界では私たちの憧れの存在であり続けました。でもテレビでは少し独特な喋り方や受け答えが、おもしろがられて物真似されたりしていましたね。ご本人は、あのとき本当はどう思っていたんですか。

A．悪意のある誇張でした。舌足らずな喋り方を競い合ったり、私がかつて一度だけ口にしたことのある印象的なコメントを何度も繰り返して笑ったり。きっと私の迷走に誰もが薄々気づき始めていたんでしょう。もう駄目だ、とあのときは正直思いました。世間が自分を憧れの存在にしようとしてくれているのか、ピエロにしようとしているのか分からず、私はとても危ういバランスで綱渡りをしているようなものでした。そのどちらに傾くのか、みんながハラハラと見守っていたと思います。私自身もそうでした。

Q. 五十代の頃は？

A. このQ&Aは深い名言なのか、頭のイカれたババアの世迷い言なのか自分でもよく分からなくなっていました。

Q. 六十代の頃は？

A. どうでもよくなりました。

Q. 七十代の頃は？

A. ババアの世迷い言。

Q. もし二十代の自分に一つ言ってあげられるとしたら、何についてアドバイスしますか。

A. 【いい女】の代名詞を背負わされる事の重圧！　二十四時間恋愛のことを生き生きと語らなければいけない緊張感や、胸元をさりげなく出したり、短めのスカートで足を組み替えたり。自分のセックスアピールに、吐き気しか覚えなくなる時期がいつか必ずやってくる。

Q. 女性読者の世代を超えた支持をどう思いますか？

A. 大勢の人に物真似をされて、私の存在が〝滑稽〟だというムードが広まったとき、女性誌の読者の応援のお陰で、なんとかあの激しい悪意の濁流に飲み込まれずに済んだのです。あのとき、私は小さなイカダの帆に掴まって、何ヵ月も転覆の恐怖を味わいました。どんどんと溜まる泥水は私の口のすぐ上まできていました。夜中に何度もベッドから跳ね起きては、ありもしない口の中の泥をペッペッ。一度はピエロとして生きていくことを覚悟した私が、また何事もなかったかのように——いいえ、それどころかさらに揺るぎない存在となって、この座に踏み留まれるなんて奇跡でした。あなたたちのお陰です。

Q.「ワタシはワタシ」。その揺るがない自信の源を教えて下さい。

A.迷走を重ね、限界を感じていた頃、思い切って自分の物真似をしてみることで、ようやく私というイメージをとらえることができました。そうです。私はもうずっと、みんながやっていたように自分の物真似をしているだけなのです。仕草、喋り方、コメント——「私ならこう言いそう」「私ならあんなことしそう」。私は本当はタップダンサーになりたかった！　でも自分のなりたいものなんて、なんの意味があるでしょう。私は空っぽ。人に仕立て上げられて、私は私になった。でも、そのほうが本当ははるかに素敵なことなんじゃないかと思うのです。

Q．今も何かに迷うことはありますか。

A．ありません。あなたたちと生きていくのだと吹っ切れてから、私自身の芯がぶれることはなくなりました。八十歳を越えたこれからも、病院のベッドの上ではありますが、心身ともに【すべての女性の可能性】として頑張っていくつもりです。

それでは女性誌界屈指の名物企画であり我がライフワーク、そしてこれが本当に最後の、読者のみなさんからの恋愛相談にお答えします。

Q．暴力をふるう彼氏とどうしても別れられません。（看護師・28歳）

A．決闘を申し込みましょう。夜中の河原に呼び出して、徹底的に殴り合うのです。理性から解き放たれたあなたの本気のパンチに、彼はきっと我慢できず、石を摑むはず。痛くても我慢のしどころです。あなたなら耐えられる。生死の境をさまよってみて下さい。なるべく生きている気配を消して。彼はきっと怯えて、ろくに確かめもせず、その場を立ち去るはずです。そして、もう二度とあなたの前には現れない。彼がいなくなってから、思いきり喜びに震えましょう。

Q. いつも彼からの連絡を待ってしまいます。(家事手伝い・23歳)

A. 私たちはそんなものを待つ前から、もうずっと別のものに待たされているはず。目の前の何もかもが一瞬で消え去って、誰かにハイと手を叩かれ、〝今までの人生は全部嘘だった。今からが本番〟と言われることを待ち続けているはず。だからあなたが本当に放っておかれている相手は、彼ではありません。

Q. いい人に出会えません。(会社員・34歳)

A. まずそれが愚かな思い込みであることにいい加減、気がつきましょう。いい人がいないはずなどありません。だってこの世に生まれてきたときは誰もがいい人だったはず。つまり、私たちは自分で勝手に相手を限定しすぎているだけなのです。外国人は考えた? 自分の親ほど歳の離れた人は? 思い切ってレズビアンになりましょう。それでもいい人がいなければ、今度は相手の年齢を零《ゼロ》歳児から検討し直してみて。十歳、十一歳が範囲に入ってくると、可能性はグンと広がるはずです。その調子で、今まで考えもしなかった相手に目を向けるのです。動物だっていい。相手が生きてなくたっていい。もしもあなたに本当に独りでいたくない、という強い意志があるなら——私は新しいパートナーに、自転車のサドルをおススメします。そんな馬鹿なとお考え？　でもサドルの形は意外と人の顔のように作られているし、自転車から引っこ抜けば、二人でどこへだって遊びに行けます。旅行に行くときも料金が一人分で済むから、人間と付き合っているよりもたくさん楽しい思い出が作れるし、何よりサドルは物を言わないのです。あなたが〝いい人〟がいないと嘆くのは、物を言う男性に何かしらの期待をしすぎているからです。でも相手がサドルなら要求することは一つです。「お尻をどれだけ優しく支えてくれるか」。そして彼らとの出会いは街中に溢れ返っているのです。駅前でどれだけの数の彼らが、あなたに選ばれるのを待っていることか。あなたは駐輪場に行き、まるでどこかの国王にでもなったつもりで、恭《うやうや》しく並んでいる彼らを堂々と品定めしていいのです。

ときに一目惚れしたサドルの持ち主が、あなたの恋路の邪魔をするかもしれません。「おい、お前、何、人のサドル盗もうとしてるんだよ」。でもあなたはそこで決してひるんではいけない。その持ち主にとって、サドルなんて掃いて捨てるほど代わりがいる存在だということを、誠実な言葉で話してやればいいのです。でも自分には、彼しかいないんだということを。あとはこんなときのために常日頃から持ち歩いていた、あんまり好きになれなかったサドルと交換してほしいと頼めば、大多数の持ち主が承諾してくれるはずです。あなたの真剣な愛の気持ちを伝えて下さい。

ようやくサドルと二人きりになったら、あとは恋人たちの自由！　彼とまるで並んで歩いているように鉄パイプの部分を持って、スキップしてはどうですか？　彼は、鹿を見に行きたいというあなたのデートプランを人間の男のように鼻で笑ったりしません。趣味の悪い映画だって、欠伸もせず付き合ってくれます。美術館に出掛けましょう。行楽地へ出掛けましょう。夜景を観に行き、他の恋人たちに負けないぐらい、寄り添いあってロマンチックなムードを作って下さい。

もちろん折りにふれ、「お前、それサドルだぞ」などと心ない人たちから野次が飛ぶでしょうが、恋を盛り上げるための些細な障害に過ぎません。彼はあなたを守るためなら思いきり振り回されてもいい、と思ってくれているでしょうし、それに実際ほとんどの人間の男は、彼の夜の男らしさには敵わないのです。

どうでしょう。

サドルと付き合う素晴らしさが分かって頂けた？

もしも、あなたがこれをきっかけに、素敵なサドルと本気の交際を始めることになったら、私にも是非写真を送って下さい。結婚式の仲人はもちろん、私が引き受けます。

※　家庭と仕事を両立させながら、常に輝き続ける存在として、最も目が離せない女性――病室での八時間にも及んだインタビューを、凝縮してまとめさせて頂きました。どんな質問にも決して手を抜かない姿勢に感動。本当に最後まで勉強になりました。彼女の答えは、もはや神の声です。（編集部一同）

彼女たち

わけを尋ねても、とにかく決闘するとしか言わないので仕方なかった。何度考え直してくれるように頼んでも無駄だった。付き合い始めた頃は、僕の恋人になれるなんて信じられないと毎晩電話してくるような子だったのに。思いきり抱きしめたら折れてしまいそうな華奢な体の恋人に決闘を申し込まれるだなんて、僕は激しいショックを受けた。

もう話は終わっただろうと言わんばかりに彼女は立ち上がると、場所は河原でいいかと訊いた。「なんで急に」僕は泣いた。「せめてもっとロマンチックなところで」。

彼女は黙り込んだあと、僕たちの思い出の場所を挙げ始めた。遊園地。映画館。変わったブランコのある公園。動物触れ合い広場。お互いの両親の家。出会った大学の中庭……。「河原でいい」と僕は言った。彼女はあんまり遠いと車で出掛けなきゃいけないし、そうなると行きはいいけど帰りが困るよね、と頷いた。車が運転できるのは僕だけだからだ。

　今すぐにでも決闘したいと言うので、二人で借りている部屋を出て僕らは歩いた。夜にしないかという提案は却下された。河原でちょうどいい場所を探しているあいだにも彼女のテンションはどんどん上がっているらしく、横顔をそうっと覗き込むと、唇がめくれ上がって歯がむき出しになっていた。彼女がこんなに僕と闘いたくて堪《たま》らなかったなんて知らなかった。

「わけを教えて」と僕はまた泣いた。

　彼女はハァッハアッハァッハァッと息を切らしている。

　土手の向こうから僕と同じように泣きべそをかいた男の人が、彼女に連れられて歩いてきた。一瞬、大きな鏡が出現したのかと思った。僕の彼女とどことなく似た雰囲気の女の子。チビなのに生意気そうで、魅力的な顔つき。男の人のほうも僕と似たタイプだった。おどおどして、色が白くて、覇気のなさそうな顔をして。

　すれ違うとき、僕はぎょっとした。女の子の手に犬の散歩用のリードらしきものが握られていたからだ。その先は男の人のシャツの襟の下まで伸びていた。見ないふりをしようと思ったけど、気になってどうしようもなかった。襟の下の首輪らしきものに何度も目線を送ってしまう。

「そっちに、いい場所はなかった？」

僕の好奇心に気付いたのか、女の子が僕の彼女に声をかけてきた。私たちも今家から出てきたばかりでなんとなく川の上流に向かっているだけなの、と僕の彼女はハァッハァッハァッと息を切らせながら答えた。私たちも、とその子も顔見知りみたいに頷いた。たまたま下流に向かって来てみただけなのよ。彼女たちが少し離れた場所で情報交換を始めてしまったので、僕たち男同士もなんとなく話し合ったほうがいい雰囲気になってしまった。

「こんにちは」と僕は頭を軽く下げてみた。

一瞬言葉が通じないんじゃないかと思ったけど、首輪の男の人はこちらの乾きかけの涙を見て「あなたも？」と案外まともそうな声を出した。眼鏡をかけていて、スーツにもっとちゃんとアイロンがかかっていればしっかりしたビジネスマンに見えるだけに、どういう態度を取ればいいのか余計分からなかった。女の子が向こうに離れた分だけたるんでいたリードがぴんと張って、襟の下に隠れている首輪がいよいよ無視できなくなった。

「何がですか？」男の質問に僕はとぼけてみた。

「あなたもでしょう」と彼は言った。

「だから何が」

「申し込まれたんでしょう決闘」

僕は驚いて、思わず彼女たちのほうを振り返ってしまった。ということはあの子も今から？

「シッ。何も話していないふりをして！」

彼は僕の顔を覗き込んだまま、目をそらさずに厳しく注意した。意外と鋭い声。首輪なんてしているけど、もしかしたら会社では立場のある人物なのかもしれなかった。

「私たちのせいなんですよ」

カモフラージュのつもりなのか、彼は顔の他の部分が全部固まってしまったみたいに口だけ動かしてすばやく喋った。正直、怖くて仕方なかったけど、彼の真剣さに気圧された。あなたたちの？　と聞こうとしてやめたのは「私たち」という言葉の中に、僕も含まれているような気がしたからだ。

僕が黙り込むと「あなたも物足りなかったでしょう？」と男は付け足した。

「私たちみたいな男の願望のせいで……」そこまで喋ったとき、リードが勢いよく引っ張られ、彼は目から明晰《めいせき》さをこぼしたかのように失うと、とぼとぼと彼女の背中についていった。

そのあとも、同じような男女に何組も出会った。男たちは全員重大な罰を受け入れたみたいに項垂《うなだ》れ、悲しげな表情をして彼女の三歩後ろを歩き、すれ違う僕にこっそりと目だけで合図を送ってきた。

彼女たちは全員、涎《よだれ》を垂らし始めていた。前を歩くあの子の顔は見えなかったけど、じゅるじゅるっという水っぽい音がときたま聞こえてきたから、似たようなことになっているんだろうと予想はできた。彼女の体がさっきより大きくなっている気がする。デートに何度か着ていたお気に入りのワンピースがきつそうだ。ハアッハアッハアッハアッと漏らしていた息は、短くどんどんリズミカルになってきている。ハッハッハッハ。背骨もバネが入ったみたいに丸まり始めてる。姿勢がよくて、靴から前髪まであんなにおしゃれに気を遣っていた子だったのに！

「僕のせいで━僕のために？」

質問したけど、彼女は鼻をくんくんと斜めに突き上げて、風上から何かを嗅ぎ取っている。もうほとんど口もきけないみたいだった。意を決した僕は前に回り込むと、恋人を正面から見つめてみた。殴られるより衝撃を受けた。垂れ気味だった目はきつく吊り上がって、まつげは信じられないくらいふさふさに増量していた。目のキワをぐるっと取り囲むように黒いラインが皮膚から染み出ていて、こちらを睨みつけるようなゾクゾクする眼差しに変わっている。なんという挑発的な表情。口元も。最初は彼女が唇を噛んで出血してしまったのかと思ったけど、そうじゃない。ほんのりピンク色の部分が、どんどんどぎつい赤色に染まり始めているのだ。僕は思わず指を伸ばして、彼女の唇を擦った。指先を確かめてみると、それはルージュだった。唇からルージュが湧き出している！

彼女がおかしな仕草を始めた。まるで持ち上がろうとする顎を、必死で抑え付けているように見える。「顎をおろしたいの？」と僕が訊くと、彼女の目がそうだと訴えた。僕は彼女の小さな顎を壊してしまわないように人差し指と親指を使って、せぇの、と何度も元に戻そうとした。でも顎はツンと上向きで時間をとめられたように固まってしまっていて、手の施しようがなかった。それは彼女の美しい首が強調されて、小顔が一番魅惑的に映える僕の最も好きな角度だった。彼女が鳴き声のような悲鳴をあげた。

「今度は何？」

彼女が自分のスカートの裾を地面のほうへ引っぱり出したので、僕も一緒になって摑んだ。膝あたりの丈だったワンピースのスカートがものすごい力で短くなろうとしている。靴の底からは鋭いピンヒールが生え始めている。

「僕はそんな男じゃない」苦痛に顔を歪める彼女に、僕は首を振った。

「お前が望んだからだろう、言い訳するな！」

知らない男の野次が飛んできて石が顔の脇をかすめていった。声のしたほうを見ると、老人が、膝よりもずっと丈の短いスカートに網タイツを穿いたおばあさんに河原でじりじりと距離をつめられているところだった。

「こんなことが、なんで急に！」

「急なものか。地球に人間が誕生してからずっと、いつこうなってもおかしくなかったさ」

「そうだ！」とまた後ろのほうから声が聞こえた。今度は警察官の制服を着た女の子に睨みつけられたまま尻餅をついている若い男だった。「生意気な恋人を、僕たちみんなが望んだんだ！」

彼女たちは一足先に、みんな変わってしまったみたいだった。どこを見渡しても、信じられないほど絶世の美人だらけだった。僕は彼女の唇にどんどん染み出してくるルージュを拭い続けながら、まだかろうじて原形を留めている恋人に向かって言った。

「君が、僕の前の彼女のことで悩んでたのは知ってるよ。確かにあの子と一緒にいるとスリルがあって毎日ハラハラしたけど、彼女のことなんかとっくに忘れてしまってたんだ。君のことが物足りないなんて、誰かの流したひどい噂なんだよ」

彼女の黒く縁取られた目が、僕の言葉を聞いて、大きくなった。やっぱり彼女は不安がっていたんだ。本当は決闘なんかしたくないんだ。僕はルージュを拭い続けた。

「だから変わらないで。僕はそのままの君が好きだよ」

唸っていたおばあさんがあの老人に飛びかかった。老人は後ずさって悲鳴をあげながら土手を転がっていった。

後ろの恋人たちも始まったみたいだった。僕らは手を繋いで再び土手を歩き出した。高くて細いピンヒールが靴の底から生えた彼女は、僕よりずっと荒々しく、早く動けるらしかった。彼女の手の力もどんどんと強くなった。僕の指は何本か折れてしまっているかもしれない。時々立ち止まり、僕は必死にルージュを拭い続けた。

彼女はもう息を切らしてはいなかった。その鼻筋は夕日を浴びながら美しくなっていった。ぞくぞくする目。ツンとした顎。今まで見た中で、彼女は誰よりも素晴らしい美人だった。僕は片時も休まずルージュを拭い続けた。でももう間に合わない。泣きながら「ごめん」と謝った。

橋に辿り着く前に、その光景は見えてきた。決闘と言えば橋の下。数百組の男女の壮絶な取っ組み合い。遠くまで響き渡る雄叫び、絶叫、武器のぶつかり合う音、もう言葉が通じない恋人への命乞い、愛の告白—。

「そのままの君でいて。そのままの君が好きだよ」

彼女が何も答えないので、河原に立った僕は泣きながら、足元にあった棘のついた鉄球を死にものぐるいで振り回した。彼女が高くジャンプし、それを軽々と避けたので、僕は鉄球を投げ捨て、川に逃げた。腰まで水に浸かった彼女が、人間とは思えない早さで追いかけて来る。川を渡り切る既《すんで》のところで、彼女が後ろから僕の髪の毛をわし摑んで思いきりひき抜いた。あまりの痛みに喚きながらもなんとか岸に上がった僕は、ぶつかってきた男の手からスタンガンを奪い取った。振り返ると、すぐ側に彼女が見たこともないような激しい形相で迫っている。僕はスタンガンを彼女の脇腹に押しあてて放電した。彼女は大きく目を見開いて、あとずさった。僕はスタンガンを必死で押し付け続けた。彼女の体がぐらりと後ろに倒れかける。僕がもう一度スイッチに手をかけたとき、彼女は「やめて」と弱々しい声を振り絞った。「やめて。お願いします。助けて」

僕は涙を流しながら、見知らぬ男を足蹴にしてもぎ取ったこん棒で彼女の頭を殴りつけた。何度も何度も振り下ろしていると、彼女はそのまま水しぶきをあげて後ろへ倒れ、ゆっくりと川を流れていった。

帰り道、僕は二人のいろんな思い出の場所を呟きながら歩いた。「遊園地。映画館。変わったブランコのある公園。動物触れ合い広場。お互いの両親の家。大学の中庭……」

あのとき、本当は彼女がわざと負けてくれたんだと僕には分かっていた。「そのままの君が好きだよ」という僕の言葉が、彼女の心に響いたんだ。涙が止まらない。息絶えているさっきの老人の脇を通り過ぎながら、僕は鼻水をすすり上げた。なんて優しい彼女。君を失うなんて、死んでも考えられない。

How to burden the girl

なんでこんな女に関わってしまったんだろう。彼女のことを好きになったのは、たった一人で悪の組織と闘うけなげな女の子だと思ったからで、こんな激しい恋愛に巻き込まれるつもりなどなかったのに。

彼女は「私のことを理解してあげられたらどんなにいいか、と言ったでしょ」とまたにじり寄ってきた。確かに言った。でも俺は三十四歳だ。そんなにも歳の離れた子の気持ちなど分かる自信もなかったし、俺は女のことは何も分からん。身内を全員悪の組織に殺されてしまった彼女が寂しすぎるだろうと思って、ついそう声に出してしまっただけだ。そんなものをいちいち真にうけんでくれ。

つい今しがた、十九人の悪の手下たちの頭を吹き飛ばしたばかりの彼女が一歩ずつにじり寄ってくる。その姿を、あとずさりしながら俺は見つめた。彼女の目から血の涙が流れているのは、大好きな父親までついに人間の所業とは思えないむごたらしい方法で殺されてしまったからで、その特別な涙こそが彼女の狙われる理由らしかった。詳しいことはよく知らん。俺は女の子のスカートから出てる太ももがいいと思っただけだった。ピンク色の髪の毛も、エメラルドグリーンの目のことも、異常だと言われれば異常だけども、深くは考えなかった。そもそも女は最初から、自分とは別の生き物だと思っとる。外の世界に興味を持ったことがほとんどなかったから、そういう女もいるのだろうと思った。俺みたいのを世間知らずと言うんだ、と親父なら泣いて溜め息を吐くだろう。俺の母親はとっくの昔に、俺と親父を置いて出て行ったから、俺には親父しか話をする人間がおらん。

あとずさりし続けていると、リビングからいつのまにか廊下に出て、階段の段差が足の裏に当たった。彼女の家はばかでかかった。去年、いつのまにか俺の実家の隣に越して来た彼女は、父親と五人の弟とひっそり暮らしとったんだ。

この高い塀に囲まれた大きな家で、買い物なんかはすべて彼女の父親がやっていたみたいだから、最初はまったく俺と同じ境遇の人間があの家にもいるんだと嬉しくなった。他人には滅多に興味をもたない俺が、窓からちょこちょこ観察していると、彼女がまだ小さい五人もの弟たちの世話を甲斐甲斐しく焼いているのが見えて、俺はさすがに自分のことが嫌になった。俺はすべて親父に身の回りのことをやらせとる。親父のことは親父がやる。

やがて彼女がなぜ家の外に出ないのか、不思議になった。それに五つ子のようにそっくりだった弟たちが、ゆっくり一人ずつ減っていることにも気づいた。

庭で遊ばせていた男の子がいつのまにか四人になって、三人になって、二人になっていくんだ。小さい弟たちは無邪気に庭を走り回って遊んでいたが、誰かが一人いなくなった次の日には大抵、親父さんが寄り添うようにベランダの椅子に座る彼女の手を握ってやっとる。いつも生足太ももの彼女も、そのときばかりは沈んだ顔で黒い洋服に身を包んでいた。なぜ葬式もせん。なぜ警察が来ん。

俺はある晩、チビの一人が悪の組織の人間にさらわれようとしているところを見てしまった。それが悪の組織だと分かった理由は、そうとしか思えん格好をやつらがしとったからだ。黒ずくめ。マスク。マント。彼女の親父さんは銃で、彼女は映画の中でしか見たこともない恐ろしい形の刃物を振り回して、広い庭でやつらに応戦しとった。この辺りの人間は、すぐ近所にどでかい球場があるから、発砲や、大抵の騒音では誰も騒がんのだ。耳が馬鹿になっとる。俺は彼女の人間とは思えない身体能力に驚いた。親父さんのほうは武器を手にしている人間というリアリティがまだあったが、彼女のほうは蛸のような身のこなし、武器の刃さばき、すべてが、尋常一様じゃなかった。そのときに彼女が、普通の女とは違うと気づければよかったが、俺は、ほれ、父親以外の人間を知らんから。

その日は弟を連れていかれずに済んだが、また何日かすると、やつらは再びやって来て、むごたらしい方法でチビを吊し上げ、殺してしまった。俺が初めて彼女の血の涙を見たのはそのときだ。彼女を押さえ付けた組織の連中は、何かカプセルのようなものに涙をスポイトで注入すると、猛然とマントを翻《ひるがえ》し、家の裏の林のほうへと去っていった。庭には弟の死体と、何人もの敵の死体と、芝を握って座り込む彼女の姿。そして、そっと肩に手をおく彼女の親父さんの姿。

そういう光景を目撃してきて、俺は彼女がなんらかの理由で狙われとって、おそらくどこへ逃げても必ずやつらが現れるから、ここでなんとか決着をつけようとしとる、そういうところまでは事情が飲み込めて来た。

組織の人間が、なんで彼女を連れて去らないで律儀に一回一回襲ってくるのか、とか、弟をシェルターみたいなところで守るわけにはいかんのか、とか、いろんなことがなあ、いい、あのお約束になっとる、とは思ったけど、俺はほら、そういう細かいことはあんまり気にならんタチなもんで。

とは言え俺が気づいていたぐらいだから、彼女も気づいとっただろう。弟たちが全員殺されたあとは、親父さんが狙われるということに。二人きりになった彼女と親父さんは今までにも増して傭兵のように武器を揃えたし、いつでも警戒を怠らんかった。ここから逃げなかったのは、もしかするとアジトの分からん悪の組織を、親父さんでおびき出して根絶やしにするつもりだったのかもしれん。気の遠くなるほどの闘いを毎日繰り返して、彼女たちは組織の人間の死体の山を積み上げていった。だが、今日までだった。親父さんがとうとうやられた。

いつものように涙を一滴だけ取って、組織の人間は去って行った。彼女はいつまでも庭の芝生の上で泣いとった。これまで自分の手を握ってくれた親父さんも今はもう木っ端みじんに吹き飛ばされてしまった。それがどれほど彼女の心へダメージを与えたかを見ていた俺は、人に感情移入などほとんどせんが、このときばかりはサンダルをつっかけて、いつも見ていた豪邸の庭まで行ってみようかという気分になった。闘いの最中に壊された塀の一部から敷地に入ってみると、彼女の座っているところ一面が真っ赤に濡れとる。これが、悪の組織に狙われるほどの力を持つ涙か。

近づく俺などまったくどうでもいいかのように、彼女は顔をあげようともしなかった。俺はこういうとき、何をすれば女が泣き止むのか知らん。上擦りそうになる声で、とりあえず「元気をお出し」と言った。そして、とうとう身寄りのなくなってしまった彼女の辛さがどれだけのものなのか少しは分かる、とも言った。自分には老いぼれた親父しかおらんことも。

　俺はこの女のことを好きかもしれん。彼女が顔を上げた瞬間、その頰に伝う赤い涙の滴に心を奪われて、これからは自分が親父さんの代わりに彼女の右腕として生きていく決心がついた。俺に銃は使えないからせめて車の免許でも取ってみようか。バイトすらしたことのない、この俺がそんなことまで考えとる。巷で聞いたことのある、無償の愛というやつだ。今度から俺がやつらに狙われることになるだろうが、わずかなあいだでも彼女の側にいられるのならそれも構わん。俺の中におそらく初めて生まれた、愛。そのことをそのまま彼女に伝えた。他人に共感などしたことはないが、特別な力を持った彼女の孤独を、俺なら理解できるかもしれん。いろんな面倒なこともあるだろうが、うちには、ほれ、老いぼれがおる。

　すると、今まであれだけ動こうとしなかった彼女が立ち上がった。「愛?」と彼女は小さな顔を傾《かし》げながら近づいて来た。「愛?」「愛?」。彼女は繰り返した。「だったら、この事実を聞いても私を受け止められる?」。なぜ彼女が自分を助けようという男に、そんな攻撃的な口調を使うのか分からんかったが、混乱しとるんだろう。俺は「何を聞いても平気だ」と平静を装って大人の男らしく頷いた。家を覗いていたことは隠していたが、彼女はもしかすると俺の存在にとっくに気づいていたのかもしれん。

「こんなことになったのは全部私のせいなの。私のせい」

何も言えない俺の目の中を確認して、彼女は語り出した。

「十歳の頃、お母さんは、私がお父さんを独り占めしようとしてるって気づいたの。そのことを何度もお母さんは訴えたけど、でもそれは馬鹿馬鹿しいことだよってお父さんにたしなめられてた。何をムキになってるんだ。まだ子供じゃないかってね。

「でもお母さんの勘は当たってたのよ。私はお父さんを奪うつもりだった。私はあらゆる嘘を使って、二人の仲をぎくしゃくさせた。二人はすごく仲のいい夫婦だったけど、お父さんは最後まで子供を疑うのはよくないって私のことを信じてくれた。お父さんは真実がなんなのかちっとも知ろうとしなかった。子供がピュアだと思いたかったんだね。自分の十歳の頃のことを少しでも思い出せたら、そんなことありえないって分かるはずなのに」

彼女が小さな両手を伸ばして近づいてきた。嬉しいはずなのに、俺の体はなぜか強ばって逃げ道を探しとる。

「お母さんは苛ついて、すっかりヒステリックになってしまった。いつまで経っても私が悪い子供だと証明することができないから、ついに声を荒らげて手をあげた。私はそのときを待ちわびてた。派手に転んで車道に飛び出した。病院に運ばれて、頭を十何針も縫ったけど、それでもうお母さんは法的に二度と私に会うことはできなくなったの。お母さんの優しいところが大好きだったお父さんは離婚して、私と暮らすようになった。分かる？　私、すごく悪い子供だったの。

「それで、お母さんは悪の組織に入ったの。法律より強いものを求めずにはいられなかったんだね。私に苦しみを味わわせるために、きっとお母さんはあらゆる殺人術をマスターしたんだと思うな。だって知ってるでしょ？　弟たち五人の、芸術みたいな、素晴らしい殺し方。あれは本当に殺しが好きか、よほどの執念がないと無理」

反応する間もなかった。「あの弟たちは弟じゃなくて、私とお父さんのあいだにできた子供。病院にもいけないから、全員私が家の台所で一人で産んだ。三つ子が産まれたときはさすがに、びっくりしたけどね。だから、これは正義のための闘いじゃないの」。彼女はやっと言葉を区切った。「ものすごく個人的な話なのよ」

俺は固まりそうになる舌をかろうじて動かして、やつらは涙を集めとるんじゃないのか、と尋ねた。何か特別な力があるんだろう、その血の涙に。

「涙？　さぁ」と彼女は小首を傾げた。「涙に力なんて何もない。ただお母さんが集めたいだけなのよ。私を苦しめた分だけ一滴一滴」

どうやら俺は勝手な勘違いをしとったようだ。彼女がまだ少女でピンクの髪というだけで、正義のために闘っとるけなげな子だと思い込んどった。俺は後ずさりして自分の家に戻りたかったが、さっきから彼女がにじり寄ってくるせいで、デッキにあがり、家のリビングの中まで来てしまっていた。

「私のことを好きってほんと？」

彼女の口調は可愛らしかったが、俺はもう、うんと言う気にはなれなかった。

「親父の様子を見に行かないと」自分の家のほうを気にするそぶりをした。「親父のことは俺しか面倒をみてあげる人間がいないんでね」

逃げ腰になったのを、彼女は敏感に感じ取ったようだ。俺の腕を摑むと「私のことが好きなら、あなた私と同じ気持ちを味わってみて」と言った。

「同じ気持ち？」

「あなたも私と同じ、家族を失う気持ちを味わって」

俺は自分が出過ぎた真似をしたのだ、ととっくに気づいていた。もはや謝っても許されないほど彼女の逆鱗に触れてしまったのだ。彼女は混乱しとる。でも俺は口笛でも吹けそうな笑顔をまだ崩すわけにはいかなかった。

「失うって？　親父を殺すことなんてできん」

「違うわ。殺すよりも、もっと私と同じ気持ちになるの」。彼女は俺の動きを片手で完全に止めていた。「あなたが、誘惑するのよ」

「俺が、俺の親父を――」。何を考えとるんだ。

「私を理解したいんでしょ」。彼女は言い切った。「そうすれば、私のことが分かる」切実な口調。分かってあげたいという気持ちに嘘偽りはなかったが、あの老いぼれを誘惑するなんて真似はできん。想像しただけでも、喉に酸っぱい胃液がせり上がってくる。

「私がお父さんを誘惑したことはお母さん以外、誰も気づかなかった。お父さんでさえ。お父さんは自分が私の一生を駄目にしてしまったと後悔して、私はその後悔を利用して、これからもずっとお父さんと夫婦みたいに暮らしていくつもりだった。お母さんも法的に近づけないし、私が悪い子供だということは、このまま一生世間の目を欺いて隠し通せる。そう思ってた。

「でも、それは違った。私の間違いだった。やがて<u>これ</u>が始まった。初めは髪の毛から。変化が始まって、根元のほうから段々とピンク色に染まり出したの。何度染めても無駄だった。次の日にはまた元よりずっと濃いピンクに戻ってる。それだけじゃない。

「髪がすむと、今度は瞳だった。鏡を見るたびに色が抜け落ちて、人形みたいなエメラルドグリーンになった。そして弟。さっき私とお父さんの子と言ったけど、私たちは一人目の弟にしか心当たりはない。あとの四人はまったく身に覚えがない。ただお父さんと暮らしているだけなのに、どんどん私のお腹は膨らんで、悪阻《つわり》や陣痛が拷問のように続いた。生まれるとき、彼らはいつも頭をつっかからせて私をうんと苦しめた。何度も失敗して、駄目だった子もいる。

「私は、これがうすうすどういうことか分かり始めていた。世間は騙せても、私がお父さんにしたことを許さない存在について、考えないわけにはいかなかった。今まで一度も、そんなものがいるなんて思ったことはなかったのよ。

「もう私はこの突拍子もない姿のせいで、どこにも出歩けない。初めの頃は引越を繰り返したけど、そのたびにまた一人妊娠してしまうし、私たちは新しい街に家を買って、もうどこにも行かないと決めたの。この街に来て、永遠に続くかと思った妊娠はやっと終わった。許してもらえたのかもしれないと、私とお父さんはようやく胸をなで下ろした。

「でも変化は、まだ残ってたの。分かるでしょ？」

彼女に聞かれて、俺は思い当たることをそのまま口にした。「涙？」

「そう」彼女は俺の腕を摑んだまま頷いた。「私は、血の涙を流すようになった」

これは何かの悪ふざけなんだろうか。でももう俺の頭はこんがらがって、一体何がどこまで少女の嘘なのか分からん。彼女の何が他の女とは違うのかも。女は最初から自分とは全然別の生き物だと思っとる。俺は彼女の手をほどこうとした。彼女は放さなかった。まるで何もかも打ち明けて、楽になろうとしてるみたいに。彼女がまだ何か話そうとするので、我慢ができなかった。俺は腕を摑んでいる彼女の腹を思いきり蹴り飛ばすと、体をめちゃくちゃに動かして庭に転がりながら飛び降りた。暗い闇のほうへ手足を動かした。

「自分の父親を誘惑して！」。彼女の声が聞こえた。「そうすれば、私の孤独が分かる！」

自分の家のほうへ走ったつもりだったのに、そこはいつも悪の組織が去っていく彼女の家の裏の林で、俺はいつまで経ってもそこから抜け出すことができんかった。こんなに広いはずがない。「親父！　親父！」。俺は何度も叫んだが、どこにも届かんのか、誰も助けにきてくれる気配はなかった。俺は携帯も持っとらん。ふと足を止めると、土の盛り上がってる箇所が数えきれないほどあって、彼女たちが毎日殺していた組織の人間を埋めた跡らしいと気付いた。マントやマスクがいくつも転がっとる。もう少し先へ行くと、ひっそりとした場所に五つの墓があった。さらに歩くと、自分の家の灯りをやっと見つけた。俺は部屋に戻り、怪しまれんように静かに布団に入った。次の昼、食事を運んで来た親父を見るなり、俺は昨日の晩のことを思い出して、親父の作ったものを食べる気にもならんかった。胸糞悪くて、喋る気もせん。

ダウンズ

&

アップス

本心か。人はそれについてよく悩んでいるらしいね。みんな、この状況を本心ではどう思ってるんだろうとか、心の底から本音を語り合える友がいないとか。僕はそんなものが欲しいだなんて一度も思ったことはないな。確かに僕の周りには僕の才能やビジネスの匂いを嗅ぎ付けて、お世辞で塗り固めた人たちが数えきれないくらい毎日やって来るけど、僕はそういう人たちを集めてパーティするのが好きなんだ。お金を浪費すればするほどみんな喜ぶよね。ひょっとして君はお世辞って汚いものだと思ってる？　それは違う。お世辞ほど美しいものはないんだ。お世辞について顔をしかめる人がいるとすれば、その人はただ自分がそういうものを浴びた経験がないからだと思う。

僕からはお金の匂いがするらしいんだ。それってどんな匂いなんだろう。自分じゃよく分からないな。でも「どこでそんな香水売ってるの？」って女の子にもしょっちゅう聞かれるしね。もちろん嫌味で言われてるときもあるだろうね。僕の内面なんかには誰も興味がなくて、名前に寄ってきてるだけだって。僕自身、いろんなものの上辺しか見ないんだ。なんでも上辺のほうが上等なんだ。最初から人に見せるって意識があるからね。僕はシャワーの蛇口を捻ると出てくるお世辞で、毎日体を洗いたいな。そういうシャワーを作ってほしいって、前にどこかの会社の偉い人にお願いしたら、「いいアイディアだ」って褒めてくれたよ。

ある日、僕はバーで一人の男に絡まれた。全然知らない男だよ。僕がいつものようにみんなに囲まれて酒を飲んでいると、そいつがわざとらしく連れの男に向かって大声で僕の批判をし始めたんだ。先に言っておくと、僕はそういう席で中心になって騒ぐタイプじゃない。お酒は少ししか飲まないし、それよりもみんながおいしい食事をして、ただ楽しく酔っ払っているのを見るのが好きなんだ。僕は自分があまり喋らないから、お喋りが上手な人が好きなんだよ。だから囲まれているっていうのは本当は正しいイメージじゃない。みんなが僕の周りで騒いでくれている。そういう感じなんだ。

男があまりにも僕の名前を口にするので、嫌でも耳に入ってきた。腹はそれほど立たなかったな。今までにも自分の悪口を言う人には嫌というほど会ってきたしね。でも僕よりも周りの人間が気にし出して、僕に気づかれないようにアイコンタクトでやりとりし始めた。〈どうする?〉〈こっちから何か言ってやったほうがいいか?〉〈でもそうすると、さらにやっかいなことになるかも〉。みんな迷っているみたいだった。彼がこのバーに僕がいると分かっていてそうしているのか、ただの批判をしているところに僕らがたまたま居合わせたのか、実のところよく分からなかったからね。それにもし絡んでいるんだとしたら、彼はただ構ってほしくて仕方ないんだ。ケンカをふっかけたくてうずうずしてるんだ。相手の気をひきたい人間は、そう素直に書いたプラカードを首から下げて歩いているほうがよっぽどシンプルだと思う。そうすればいちいちこんなふうにお互い探り合わなくて済むからね。シンプルな方法が好きなんだ。

男は僕と同じ業種の人間らしかった。細かいことは忘れてしまったけど、とにかく僕をアーティストとしては認めない、と主張していた。僕は声のする方を向いて、彼の外見を確かめた。外見って大事なことだからね。男も女も、顔はきれいな人のほうが魅力的だ。もしそうでない人は美容整形っていう手もあるし、洋服も洗練されてて高価であればあるほどいい。僕はデザイナーだけど、本当のところデザインは二の次なんだ。値札をそのまま裸に張り付けてても同じかもしれない。出会った瞬間、お互いの裸に貼り付いた値札のゼロの数だけ数える街って素敵だろうな。

その男の格好は確かに悪くなかった。体に合ったシルエットのスーツ。ベルベット素材の靴。僕よりも五歳か、もしかすると十歳は歳上で、何かの雑誌で見かけたことがあるような顔だった。違うかもしれない。他人はみんな同じに見えるんだ。

僕は珍しく酔っていたのかもしれないな。もしくは退屈していたのかも。いつもなら、そういう人間には一歩も近づきたいとは思わないのに、なぜかそのときは「こういうのもたまにはいいかもしれない」って思えたんだ。それに彼はとてもおしゃべりが上手そうだったから、興味がわいた。

僕は止まり木から立ち上がって、トイレに向かった。カウンターしかない狭い店だったから、そうすると、嫌でも彼の後ろを通り抜けなければいけない。連れの男のほうはとっくに僕たちのことに気づいていたのか、とても気まずい様子で通路まではみ出していた体を起こした。その隣にいた例の男が――やっぱり僕がいたことを知っていたんだと思う――わざとらしいくらいに目を丸くして「あ、これはこれは。こんな店にまでいらっしゃるんですか」と馬鹿に腰の低い口調で僕に話しかけて来た。今にして思えば、そこは彼の行きつけのバーだったのかもしれないね。たまたま連れられて入った店だったけど、きっと彼の縄張りに踏み込んだんだ。

僕は不思議な気持ちだった。どうして僕みたいな人間にわざわざ噛み付こうとするんだろう。有名人だから？　でも有名になるなんて思ってるより大したことじゃない。

「やぁ」と僕は言った。

「お久しぶりですね」とその彼は言った。どうやら一度どこかで会っているらしかった。

彼は僕の行く手を阻むように背中を通路にはみ出させたままだった。通らせてくれないかと頼むと、彼はずいぶん慇懃《いんぎん》な態度で背筋を伸ばして謝った。小馬鹿にしている口調だよ。彼が僕に構ってほしくて仕方ないのは明らかだった。きっと取り乱すのを期待しているんだろうな。みんな、そうなんだ。僕の〈感情を出したくない〉ってスタイルが気に入らない人間はずいぶん多いよ。

僕は途端にその男から興味が失せて、代わりに隣にいた若い男の子のほうが気になり始めた。偶然だけどバーの天井から落ちてくるライトの当たり方がよかったし、どことなく気品のあるお酒の飲み方をしているのもよかった。まだお金の匂いはしないけど、隣の絡んで来た男より顔もずっときれいだったしね。彼と話してみたくなった。素敵な上辺だったんだ。

トイレから戻って、僕はその若い男の子の隣に座った。

「君は普段、何をしてるの？」

「アシスタントです。この人の」

彼はそう言って、隣にいる男のほうを目で示した。隣の男は、僕に構われたいという態度がみえみえだったけど、無視され続けるうちに恥ずかしさを隠すためなのか、今度はバーのマスターに絡み始めた。こういう人間は自分からケンカを始めようって度胸はないんだ。とにかくこちらを苛つかせて、僕が怒り出すのを、狡《ずる》そうな目で待ってる。

「君のボスはいつもこんな感じなの？」

僕が小声で聞くと、彼は「でもいいデザイナーです」と答えた。

「尊敬してるの？」

「はい。お酒を飲むと困った人だけど、仕事には誠実で」

「丁寧にじっくり時間をかけるほう？」

「そうですね。徹夜なんてしょっちゅうです」

「凄いな。僕は早さしか取り柄がないからね。生まれたときから、スピードのことしか興味がないんだ」

彼は僕をちらっと見た。そして「取り巻きがすごいですね」とカウンターの反対側でわいわいやっている僕の友人たちについて口にした。「みんなお金持ちそうだ」

「そうかもしれないね。昔からなぜかそうなんだ。僕の存在感を買いたいっていう会社の社長さんとか」

「存在感？」

彼の口調に侮蔑の感情が混じったのを僕は見逃さなかった。

「君はいくつ？」

「二十二歳です」。僕より十五も歳下だ。

「ファッションデザイナーになりたいの？」

「そうです。今はまだ修業中ですけど」

「どこのブランドが好き？」

彼はいくつかのブランドを口にした。決して流行に流されない、それぞれの道を切り開いた由緒正しいブランドばかりだよ。

「浮ついたものは嫌い？」

僕が聞くと、彼は一瞬躊躇ったような表情をしたあと、「嫌いですね」とはっきり口にした。

「じゃあ僕のデザインなんかどう思う？」

彼は困っていたけど、僕たち二人よりも会話を弾ませようと躍起《やっき》になってマスターに話しかけているボスを確認したあと、「薄っぺらだと思います」と断言した。「なぜあなたが同業者の中で鼻つまみ者になっているのか、すごく分かる」

「持ち上げられていい気になっているから？」

「そうですね」

彼は頷いた。僕の友人たちは、こちらがケンカを回避したムードを感じ取ったのか、また何かを熱心に話し込んで盛り上がっている。僕と一緒にしばらくその光景を眺めたあと、「あの人たちの中に、少なくともあなたに堂々と意見を言える人がいるとは思えない。イエスマンばかりって感じです」と彼は言った。

僕は、ビールに向けられている彼の眼差しを観察した。彼が本当に向こう見ずで僕に意見をしてるのか、背伸びをして必死に気を惹こうとしているのか、もっとよく見てみたかったからね。

「今度、うちの事務所に遊びに来るといいよ」

僕が〈D・W〉としか書かれていない名刺を取り出してカウンターの上に置くと、彼は怯えたような表情でそれに手を伸ばした。

「僕はたぶん、権力者になりたいんだ。影響力もすごいしね。権力者についてはどう思う？」

「よく分からないけど、寂しそうなイメージです」

「なりたくはない？」

「ないですね。誰も本当の意見を言ってくれなそうだから」

「君と君のボスはとにかく本当の意見を大事にするんだね。でもそれって、そんなにいいことかな？」

　彼は僕の質問の意味がよく分からないみたいだった。正直なところ、僕もあんまりよく分かっていなかった。ただこういう言い方をするのが好きなんだ。頭にインスピレーションで浮かんだ言葉を気分で口にするのが。

「僕は権力者が好きだよ。本当はみんな好きなんじゃないかな」

　彼は軽蔑の表情を隠そうとしなかった。自分にしかそんな顔はできないと思ってるのかな。僕は段々とこの若者に興味が湧いてきた。さっき名刺を渡したときは半分からかっていたけど、彼なら本当に事務所に遊びに来てもいいような気がした。それに演技だとしても、なんだかんだやっぱり人は大人になるほど誰かに衝突までして意見しなくなるものだしね。彼だって、きっとそのうち口もきけなくなるような恥ずかしい思いをして、大人との付き合い方が上手くなっていくだろう。

彼はデザイナーになりたくて、僕に絡んで来た男のところでアシスタントをして勉強していると言った。僕はそれが少しだけ羨ましかった。僕にはそういう人間がいなかったからね。気づけば周りはみんな大人で、自分より若い子と仕事する機会にはなかなか恵まれなかったんだ。でも本当は、若い才能を集めて何かできたらいいなと前々から考えていた。サロンみたいな作業スペースに物を作る若い子たちが自由に好きなときにやって来て、お互いに刺激されながら創作する、そんな場所を作りたいと思ってたんだ。クラブ活動の延長のようなね。彼はボスをタクシーに押し込んだあと、また店に戻って来た。隅で飲み始めたので、近づいて僕がその話を打ち明けると、すごくいいアイディアですね、と目を輝かせた。

「でも僕は鼻つまみ者だからね。そんな場所に来てくれる子たちなんているかな」

彼は酔っ払っていて、最初よりずいぶん警戒心を緩めていた。

「僕が集めてもいいですよ」

「本当に？」

「ええ。あなたはなんだかんだ言っても有名人だから、みんな近寄りたいと思ってるだろうし」

「僕は仕事の関係者を紹介してあげられる」

「そこに行けばコネが手に入るってことですね」

「代わりに僕は刺激をもらうんだ」

「だったらそこではみんながあなたにちゃんと意見を言える環境を作ったほうがいいですよ。あなたはどうせ褒められてばかりで、独裁者みたいな存在になってるんでしょう」

「じゃあ君がそこのリーダーをやってくれないか」

僕の申し出に、彼は一瞬真顔になりかけたけど、このまま酔いに身を任せたほうがいいと判断したらしかった。やけに力強い口調で、

「嫌です。やりたくありません。僕は別に誰かにどうにかしてもらおうなんて思ってない」と言い放った。

「でもデザイナーを目指すなら、悪くない話だと思うよ」

「でもさっきまで僕はあなたを批判してたんですよ。これでホイホイついていくなんておかしいじゃないですか」

「真面目なんだね」

「望めば、なんでも手に入ると思ってるんですね」

彼と話すうち、僕はどんどん自分が彼の言う通り、どこかの国王のような気分になってきた。そうしてこの愚かだけど、精一杯僕に意見をしようとする彼の頑張りがとてもいじらしいものに見えてきた。彼のような若者が本当に得をして生きていける世界があったらいいのにな。僕はいろいろな業界の裏側も見てきているから、余計にそう思った。彼みたいに愚直な人間は、もし本当に僕が国王ならとっくに処刑されているに違いないんだ。でも正直な人間が損をしない世界っていうのも、確かに少しだけ見てみたかった。だから、こう伝えてみた。

「僕は君の事が気に入ったんだよ」

そのとき彼の顔には、いろんな感情がないまぜになった色が浮かび上がっていたよ。喜び。浮かれてはいけないという戒め。この先僕に気に入られ続けることができるだろうかという不安。バーのライトが当たり続ける雰囲気は相変わらずよかったけど、彼の目は少しだけ泳いでいた。権力者に気に入られるってのは結局のところ、アドバンテージでもなんでもないんだろうな。少なくとも彼は、僕に認められて自由を味わっている感じではなかったんだ。

僕はなるべく彼が畏縮しないように、サロンの具体的な計画のことを優しく話し続けた。どの辺りに大きな作業場を借りたら良いかとか、寝泊まりできるマンションも必要だとか、いっそ盛大にレセプションパーティを開こうとか。僕の外見は男性的じゃないからね。柔らかい口調で、彼を安心させていった。

数日間、彼は僕に連絡して来なかった。僕はまったく焦ることなく、仕事をスピーディにこなした。彼のことを忘れ切っているときも、たくさんあったよ。結局、こちらから連絡をしたのは、ある晩の自分の家で開いたパーティが少し退屈だったからだ。

「もしもし?」

ここ数日、彼と自分に流れていた時間はずいぶん違っただろうな、と思いながら僕はパーティに彼を呼び出した。彼は渋っていた様子だったけど、家に運転手を向かわせる、と言うと、自分で行きますと電話を切ってやって来た。いろんな人に紹介したけど、彼はずっと仏頂面だったよ。みんなはあんまりいい印象を持たなかったみたいだけど、僕は気にしなかった。彼はまだ「社交」がどういうものなのか、知らないだけなんだ。

つまらなそうに壁際で立ち続ける彼に、おもしろいものを見せてあげるよ、と言って僕はこっそり二階へ連れて行った。彼が僕をゲイなんじゃないかと心配したら可哀想だから、足の長い女の子にも声をかけて、三人でその部屋に入った。「モニタ

―？」。部屋の中に入るなり、彼は驚きの声をあげた。「あなた、パーティを監視してるんですか?」

「監視じゃないよ。僕はパーティに参加するより、こうやってみんなが楽しんでくれているのを眺めてるのが好きなんだ」

モニターは全部で六台あって、リビングや台所や庭でワインを片手に過ごしている友人たちを斜め上から映し出していた。女の子が歓喜の声をあげて、シャンパンと一緒に、それらがよく見えるところに設置されているソファに倒れ込んだ。

「パーティは出るよりも、見るほうがずっと楽しいんだよ」と言うと、彼はますます孤独な感じがしますね、と呟いた。「何もかもが悪趣味だ」

「本当に僕が気に入らないみたいだね」

「そうですね。僕にはあなたのいるところがちっとも魅力的には見えない」

「どうして」

「中身がないから。空っぽだから」

「この業界では珍しい感覚だね」

僕はあえて彼のデザイン画を見せて、とは言わなかった。彼は僕のことを権力をちらつかせてフェアじゃないと思ってるみたいだったけど、僕からしてみれば自分の実力を隠したまま意見している彼のほうがアンフェアな気がしたよ。それに気づいたのか、彼は自分のレターバッグからノートを取り出して僕に差し出して来た。このとき、初めて彼の内面にも惹かれたかもしれないな。デザインがいいとか悪いとかじゃなかった。シンプルに、勇気があるって思ったんだ。彼がどんなものを描いてたのかは、あんまりよく覚えてないいんだけどね。僕はデザインがいいか悪いかなんて一度も分かったことがないんだ。もちろん自分のもだよ。デザインなんて誰にでもできるんじゃないかな。

「素晴らしい」

よく分からずに口にした。そういうことはしょっちゅうなんだ。僕は訳も分からず「最高だ」とか「信じられない」とか「感動した」といつも口走る。

彼は押し黙っていたけど素直に喜んでいた。そういう表情を見ると本当にまだ子供なんだな、と思ったよ。女の子が隣から覗き込んで、何か言おうとしたので部屋を出て行ってもらった。そもそも名前も知らない子だったし、彼もモデルにはあんまり興味がないみたいだったからね。僕たちはそのあと、様々なことについて言葉を交わした。彼は特にファッションの話がしたかったみたいだけど、僕が「お酒を飲んでるときくらい、そういう話はしたくないな」と言うと、無理にはしてこなかった。利発なんだ。代わりに僕がいろんな質問を彼にした。相手のお喋りを聞くほうが楽しいし、自分のことはあまり語りたくないからね。

彼は何も包み隠さなかった。聞かれたことにはすべて誠実に答えて、知らないことは「知らない」「分からない」と正直に認めた。僕は、今まで嫌と言うほど僕と話すことで舞い上がったり、気負ったりする人間に会ってきたんだ。彼は、いろんなことをヴェールに包んでおきたい僕とは正反対のスタイルの持ち主だった。

こないだ話したサロンの話をもう一度持ちかけると、彼は「あなたのご機嫌を取る必要はないと約束してくれるなら」と散々悩んだ末、受け入れた。僕がスピーディな人間が好きだと言ったからなのか、次の週、彼はあの男のアシスタントを辞め、正式に僕の新しいサロンの準備に取りかかった。何人もの人間が一度に制作作業ができる広い倉庫を見つけてきて、中を改装し、才能を買っている友人たちに声をかけていた。僕は家賃を出し、若いクリエイターなら誰でも連れて来ていいと言ったよ。徒党を組みたいわけじゃなかったからね。いつでもみんながドアを開けていいし、気に入らなければ出て行っていいと言ったんだ。

お陰でデザイナーだけじゃなく、ミュージシャン、アーティスト、画家、まだ世に名前が出ていない、たくさんの若者たちがそこに出入りするようになった。僕の周りは百八十度変わったよ。「これはどう思う？」とすべてにおいて彼らに尋ね、いいと思う意見は取り入れた。僕はパーティでお金を浪費する代わりに、彼らの個展やライヴやショーを開いてあげた。僕が利用されてると心配する人間もいたけど、実際は逆なんだ。僕は彼らが誰をどう思っているのか聞きながら食事したりするのが好きだった。噂話を聞いていた。何より僕の周りで一番変わったのは、僕のお気に入りだと思われている彼に倣《なら》って、みんなが僕には生意気な口をきいたほうがいいと思い始めたことなんじゃないかな。噛み付けば認めてもらえるとでも思ったんだろうね。初めは慣れなかったけど、眺めているうちに、本音をぶつけてくる世界も、お世辞を浴びせる世界も実はそっくり同じなんだってことに気づいたよ。みんな、僕を喜ばそうとしていることに変わりはないんだ。距離が近いように錯覚しそうになるけど、みんながどこかで僕に気に入られようとしてる。まだ何をしたいか分からない子までも、対等に意見するんだ。僕は民衆の声にきちんと耳を傾ける優しい国王になった気分だった。悪い気はしなかったよ。愛されていたし、いつも周りに人がいたし、懐の深い人間になれたんだからね。

だけどある日突然、その瞬間はやって来た。誰もいない事務所で、いつものように彼が堂々と僕のデザインを否定するのを見て、急に何もかもが馬鹿馬鹿しくなってしまったんだ。この子はなんで僕と対等に話すんだろうってね。気持ちのいい言葉のシャワーをもう何ヵ月も浴びてないってことを思い出して、僕は今すぐ服を脱ぎ捨てたい気分になった。

僕は「君は全然大した人間じゃなかったね」と彼の言葉を遮った。彼が強ばった笑顔のまま、何か言い返そうとした。

「もういいよ。これ以上は時間の無駄だ。君の話は退屈だからね。何か一緒にできるんじゃないかと思った僕が間違ってたんだ」

早くここから出て行ってくれないか、とドアを指さすと、彼の顔色はみるみる青ざめていった。彼はもう一言も口をきけないみたいだった。意気揚々と掲げていた僕のデザイン画を持つ手が震え、広野の真ん中に突然投げ捨てられた子供のような顔をした。その姿が呼び水になったように僕の口は彼を蔑《さげす》み続けた。自分でも信じられなかったよ。子供をこんなふうに感情的にいたぶるなんて。最後に、彼は精一杯余裕のあるふりをして、目から何も滑り落ちていないふうを装って、事務所のドアから出て行った。僕はそれからすぐに後悔して、彼に電話をしたけど、もう二度と連絡はつかなかった。取り返しのつかないことをしたんだよ。僕は自分の舌を呪った。実際、十五日ものあいだ僕は後悔に苦しんだ。これまではいつだって頭の中にアイディアが次々みんながことは初めてなんだ。こんなことは初めてなんだ。

みんなが噂した。僕はもう駄目なんじゃないかって。どんな励ましの言葉も耳に入らなかった。僕は本音を語ってくれる一番の友を失ったんだよ。
　でも、本当の変化はそれからだった。気づくと、僕は、ますます上辺の世界の素晴らしさが分かるようになっていた。自分はこちら側の人間だとはっきり意識できるようになった。まるで世界の裏側から戻って来たような気分だったよ。底のほうから、一気に高いところへ浮上したような気分だった。あれは、彼とのことは、らしくなかった。どんなに本音が魅力的に見えても、自分のスタイルを崩すまでのことじゃなかったんだ。僕の夢は、ゼロがずっと続くお金の桁を数えることかもしれないな。それってまるで、宇宙の何かと関係してるみたいだろ。僕は自分のリズムを思い出した。デザインも前にも増して冴えたやつが次々と浮かぶようになった。つまり、そういうことなんだ。本心かそうじゃないかなんて気にしなくていいんだ。いっそぶつけ合うほどの本音なんてどこにもないって思ったほうがいい。君の考えなんてみんなと同じで、わざわざ違いを強調するほどのことでもないんだよ。僕はまた毎晩パーティを開くようになった。若者は誰も意見しなくなった。もちろん、若者以外の人間も。君に教えてあげられる話はこれだけかもしれないな。権力者にとって、愚かな相手を処罰したい衝動を抑えるのはとても難しい。それと、人間はみんな同じだってこと。本当だよ。人間はみんな同じだよ。

いかにして私がピクニックシートを見るたび、
くすりとしてしまうようになったか

試着室に入った以上、出て来ないはずがなかった。

だってあの中には絨毯と、鏡しかないはずなんだし。

でもそのお客様はすでに三時間以上、入ったきりだった。

何をしてるのかって？　もちろんうちの店の服を試着し続けているのだ。昼からずっと。カーテンの奥に向かって「いかがですか？」と声を掛けると、すぐに中から「あ、今着替えてます」という返事が返って来る。私たちはそう言われてしまうと、しばらく声をかけ直すことができなくなる。だってまた「あ、今着替えてます」と言われた場合、急かしているみたいで気まずくなってしまうし、おそらくその答えには「私には私のペースがあるんだから構わないでよ」という非難が含まれているからだ。

試着室からお客様が出て来ない理由として、本当はもうとっくに着ているけど、どうしようもなくその服が似合わなかった場合が考えられる。私にも経験があるけど、着た瞬間、鏡を割りたくなるほどみじめな気分になる服というのは存在するのだ。鏡の中に立ちすくむ自分が、驚いた顔でこっちを見ている。嘘でしょ、私ってもしかしてずっとピエロだったのかもしれない。それまでの人生すべてが恥の塊だったことに気付いて、膝が震えるような服。

最初、きっとそうなんだと思った。うちのお店はオーナーが海外で買い付けて来る少し個性的なハイブランドばかり取り扱っているから、着替えても外の大きな鏡の前に立つことを躊躇うお客様も多い。お値段も決して安くはないし、そういうときは無理に声をかけず、中でじっくり吟味してもらうことにしている。だから私はレジを打ったり在庫を確認したりしながら、このお客様に声をかけるタイミングもできるだけ遅らせていたのだ。でもあまりにも長い。

堪えきれず、「何かございましたか？」と思い切ってカーテン越しに尋ねてみた。

「何もないです。大丈夫」とその人は少し不機嫌そうな声で答えた。「それより、このワンピースよりもう少しカジュアルなものはないの？　ちょっとこれだとパーティっぽすぎて、着ていく場所を選ぶっていうか」

でしたら、と私は水彩のような淡いプリントの入ったシルクのワンピースを持って来た。こちらはパリのファッションブランドで、プリントものが多いんですけど、どれも発色が上品でキレイなんですよ。私がごく簡単な説明をすると、彼女はカーテンの向こうから手だけを伸ばしてハンガーを奪うように引っ張り込んだ。そしてまた時間をかけて、ごそごそと着替え続けている。どうしようか迷ったけど、私は気長に待つことにした。うちの店は基本的に一人のお客様につき一人の店員が対応するという方針なのだ。着こなすのが難しい服も多いから、一人一人と丁寧にコミュニケーションを取りながら、その人に一番似合うスタイリングを見つけていく。

そのためには、まずどんな人なのか知らないことには始まらなかった。何歳くらいなんだろう。背の高さは？　雰囲気は？　実際のところ、常連のお客様に紅茶を出しているあいだにいつのまにか店に入って来ていて、私は「これ、試着していいですか」とカーテンを閉める彼女の手しか見ていないのだ。

「お客様。いつもワンピースはどのくらいのサイズのものを着てらっしゃいますか」

「忘れた。そんなこといちいち覚えてない」

彼女はものすごくシャイで、勇気を振り絞って雑誌か何かで見かけたこのセレクトショップに来てくれたのかもしれない。でもたとえば太っているとか背が低いというコンプレックスのせいでやっぱり自分の姿を私たちに見せる勇気は出なくて、試着室を出るタイミングを逃してしまったのかもしれない。

まうようになったか

「お客様。普段はパンツスタイルが多いですか。それともスカートでいらっしゃいます?」

「スカートでらっしゃるときもありますし、パンツでらっしゃるときもあります」

でももしかしたら整形手術をしたばかりで着替えている最中に顔が崩れたのかもしれない。時間を稼いで、シリコンの位置を一生懸命直している最中かもしれない。そういえば子供の頃、海外旅行中の女性が試着室から消えてしまったという噂を聞いたことがある。試着室の床が落とし穴みたいに開いて、そのまま人買いに売られてしまう話だ。その話をしたら、彼女は怖がって出て来るだろうか。案外、そういう接客は気が利いてるかもしれない。「外の大きな鏡の前にどうぞ」と言うより、よっぽど角が立たないかも。

「今日はお仕事帰りか何かですか」

「そんなこと、洋服選びに関係あるの?」

試着室という場所でみじめな思いをした女が、店員に恨みを晴らそうとして出没しているとか。夜道で後ろからハイヒールの靴音が聞こえると、私は体が竦《すく》みそうになる。お客様が何を試着しても「かわいい!」とか「すごくお似合いですね」と言い続けている後ろめたさからくるものだろう。

夜八時の閉店時間になっても彼女は出て来なかった。何度かお声掛けしてみたけど、無駄だった。試着室のカーテンをあけるわけにもいかないし、私は「ごゆっくりどうぞ」と待つことしかできなかった。お客様はごそごそごそと動いては、時折「あぁもう」とか「んー」とか呟いている。彼女はサイズ違いや色違いもすべて次々に持って来てほしいと言った。言われた商品を探して、店の倉庫を駆けずり回るうち、こんなに熱心に服を選んでどこに出掛ける予定なんだろう、と彼女の事情が気になってきた。私は店長から店の鍵を預かった。他のスタッフが全員帰ったあとも、お客様に服を選んでもらうことにしたのだ。うちの店はお得意さまから連絡があれば、どんな時間でもそのお客様を担当しているスタッフが駆けつけるから、夜遅くまでたった一人のために営業することも珍しくない。

日付が変わる頃、彼女は店と倉庫にあったすべての商品を試着し終えた。どの服に決めるんだろう。ついに試着室から出て来るお客様のために、私はソファで紅茶を用意していた。しかし私服姿に着替えた彼女がカーテンから出て来ることはなかった。代わりに、聞こえて来たのは「一番最初に試着した服をもう一度着たい」という声。彼女はそのまますべてもう一度着直したいと言い出した。私の体力は午前三時までしかもたなかった。

朝、私が店のソファで目が覚めたとき—お客様は、まだ試着室にいた。あれからずっと洋服を選んでいたのだ！　なんて不器用な人！　彼女のことが少しずつ愛おしくなって来た。私は急いで朝六時からやっている近所のベーカリーまで走って、買って来たベーグルとカフェオレを「よかったらどうぞ」とカーテンの下に置いた。お客様は何も言わなかったけど、いつのまにか袋がなくなっていたから、中で食べてくれているみたいだった。

私は化粧を直し、他のスタッフがやってくる前に店のロッカーに置きっぱなしだった服に着替えた。「まさか昨日のお客様ですか」とみんな驚いたけど、「そうなの。朝一番に店を開けてほしいと頼まれて」と説明すると、誰もそれ以上は詮索しないでくれた。昼前には店の倉庫から持って来た服もすべて二回試着し尽くしたけど、彼女はまだ納得がいかないみたいだった。私は一番近いファストファッションの店まで車を飛ばして、彼女のために何十着も購入した。うちの店にもお客様が数人来たけど、他のスタッフが対応してくれたし、試着室があと二つあるお陰もあって、誰もその奇妙なお客様には気づかないみたいだった。

でも買って来たどの服も彼女は気に入らないと言うので、私はとうとう試着室ごと他の洋服屋に連れて行くことにした。うちの店の試着室は、オーナーが店内の模様替えを定期的にしたいと言うので、タイヤ付で移動ができるようになっていることを思い出したのだ。

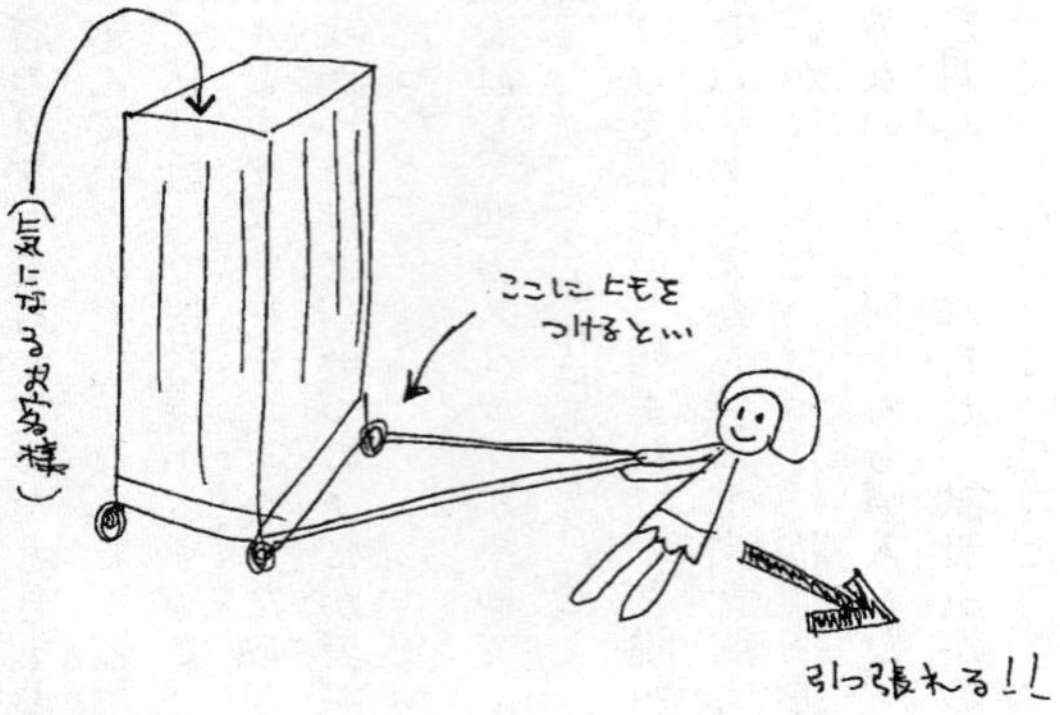

「外回りに行くって言っておいて」と他のスタッフの子に頼み、ロープを肩にかけてひっぱると、少し重いけどなんとか前に進むことができた。試着室をひきずって街へ繰り出す。こんなものを堂々と移動させていたら周りからジロジロ見られるんじゃないかと覚悟していたけど、街の人々はさほど気にも止めないみたいだった。きっとイベントの設営か、何かの撮影だと思ったんだろう。あれだけ不機嫌だったお客様もカーテンの中で「いいわよ。ここまでしてもらわなくても……」と弱気になっている。私は「何言ってるんですか。こうなったら絶対に気に入るお洋服、探しましょう！」と励ました。「お客様には必ず試着室から笑顔で出て来て頂きたいんです！」

私はこうなったら、彼女に思いっきりお洒落な服を着せてあげたいと思った。私が一番好きなショップに行こう。そのためには住宅街に続く急な坂道のアップダウンをこえなければならない。私は道ゆく人たちに手伝って下さいと声をかけた。私が「うちの店のお客様です」と言うと、「変わった宣伝だね」と言いながらも、数人の人が坂道の上までなら押してあげるよ、と力を貸してくれた。

私たちは力を合わせて試着室を運んだ。坂の傾斜がきつくなればなるほどカーテンが斜めに揺れて被さり、中にいる彼女の形がちょっとずつ分かり始めた。私以外は誰も気づいていないみたいだったけど、彼女はちっともデブなんかじゃなかった。小さいは小さいけど、チビというのでもなかった。そもそも人という感じでもなかった。カーテンに覆われた彼女は、見たこともない変わった形をしていた。時折ネチャネチャドロドロという音が聞こえて、カーテンの形は出っぱったり引っ込んだりしていた。実のところ、彼女の正体はまったくよく分からなかった。でも私はこう思った。こんな個性的な体型なんだもの、どの洋服も気に入らないはずよね！

坂の一番上まで試着室を引っ張り上げて、あとは向こう側に下るだけだとみんなで一息吐いていたら、私の手からロープが滑り落ちて、試着室はタイヤをごろごろ鳴らしながら坂道を下り始めた。私はもう力を使い果たして追っかける元気も残っていなかったから、見送ることしかできなかった。試着室は坂の下のほうまで物凄い勢いで下っていき、見る見る小さくなっていく。

私は「お客様！」と声を振り絞った。

「よかったら、その試着室のカーテンどうぞ！」

カーテンの隙き間から突き出た手が、まるで車の窓からさよならするみたいにいつまでも大きく私に向かって振られていた。途中、何かが道に放り投げられたようだったので、気力を奮い立たせ、なんとかそこまで走って拾ってみると、どこの国のものか分からない紙幣だった。

お陰でそれ以来、私は道で見かけるいろんなものについて想像しながら歩く癖がついた。あらゆるものは、自分の想像を超えているのかもしれないのだ。それに今考えると、彼女の形って流動的でグロテスクだったけど、見ようによってはエレガントだった。野原に敷いたピクニックシートなんて、フラワープリントのワンピースみたいで、彼女に結構似合うんじゃないかな。

「奇妙な味」は文学たりうるか——本谷有希子の冒険

大江健三郎

1

英語圏の、上等の紙に刷ったハイブローな雑誌にしっくりする短編なのに、どう分類して良いか迷う、しかしとにかく面白い小説が載っているのを、若い時から楽しみにしていました。

そのタイプの小説がこの国でも一時期ブームを呼んで、まず六巻立ての選集が出たのを覚えています。ロアルド・ダールを筆頭にということでしたが、私はもうひとりのシュールなSF感覚の作家のファンで、日本からも筒井康隆の一巻が加えられればいいと思ったものです。

しかしそうした作家たちの文学的評価ということでは、「奇妙な味」の、というくくりによってエンターテインメントの特別席に限られて、もっと自由に行なわれることはなかったように思います。ところが今度、私の知らなかった（この老作家はしだいに新しい小説よりも、フランソワ・ラブレーの一巻本を中心に置いて、ずいぶん古典的なものになりますが、一生の愛読書の再読に多くの時間をあてています）まさに「奇妙な味」の、この国の新作家の作品集にめぐり合いました。本谷有希子『嵐のピクニック』、講談社。

　それというのは、七年前から、春と秋に二度、新刊の小説（と、全体からいえば少数の評論）を一山抱え込んで読み続ける仕事があってのことです。すなわち、この賞を選ぶためですが、まず実力派の若い編集者たちと、じつは賞金のない受賞作の、しかし翻訳は確実に出そうとする側面で成果をあげている友人の編集者とが、私と討論しながらあら選りをして机に積み上げて帰る。それを読む、ということです。

　最初は勢いを込めて（そうしなければ、老人は、書き込みだらけのなじみの本に戻ってしまいます）、一挙に全体を読みます。そのなかで、今年は風変りの一冊が（それぞれ短かい作品を集めた、思いつきで書き並べたように奔放な形式の、また主題の連続でなりたっていますが、繰り返しということは一切ない）、始めから気にかかっていました。

　それも、楽しんで読んだ、というのが正直なところです。しかしこの際立っている面白さは、際物とは思わないが、すでにいった「奇妙な味」の作品をコレクションするようにし、同じ趣味の友人たちとの座談にそれぞれが楽しみに持ち出すが、そのうち色褪せて話に出さなくなる……あの種のものではないか？

自分はすでに、この一冊が、文章を自覚的に習練して来た人の、上質なエンターテインメントだと認めているけれど、はたして文学だろうか？　つまり、いまや生き生きした読者層からは遠くなっている、「純文学」指向老人の、ためらいが残っていたわけです。

ところがこの三月、春と秋の二つのグループから選んでおいたものを対比する段になって、私はこれを否定できないことに気付いたのです。この一冊には、「奇妙な味」の短編が発想と形式の見本帳というほどにも、繰り出されるが、それを愉快に楽しんで、――ああ、面白かった、ではすまない。もひとつ深い層をさぐる心で、むしろ自分の永年の小説観（エンターテインメントと「純文学」を区分けするやり方）を洗い直すつもりで、書き抜きもしながら読みなおそう。こう思い立ったわけなのです。

これらの短編群が、それぞれにどういう「奇妙な味」を発揮し、その上でプラスαとしての文学性を達成しているか？　それを確かめつつ、三読したのですが、まず一冊の冒頭の、もっとも短いひとつ『アウトサイド』、そして文芸誌に載る短編小説の、一般的な範囲に入る長さの『哀しみのウェイトトレーニー』を、それだけでも魅力のある部分を引用しつつ要約します。ゆったり組んだ四六変型判で、大体の長さをページ数で示しますが、十ページまでのもの七編、二十ページ一編、その中間が五編の本です。

2

いつまでもピアノのレッスンに適応できなかった「私」が、それを追憶する語り。九年間ピアノを習って、なおバイエルをすませていない。初めて個人授業を受ける先生の私宅に行くと、不釣合に大きいグランドピアノが置かれている。さてレッスンが始まり、効果が上らないのはこれまで通りだったが、三十代半ばの女の先生は、ある日尖らせた鉛筆の先端を、鍵盤に触れている手首の下に近づけて固定する。

《私は九年間で初めて真剣にピアノを弾いた。神経が研ぎ澄まされたせいなのか、一つも読めない音符はなかった。全神経を集中させた指も驚くほど動いた。今まで五分以上かけていた曲がメトロノームを追い越して、あっという間に終わり、私は緊張で息を弾ませながら先生のほうをそろそろと見た。先生は久しぶりに薄く微笑んでいて、／「レッスンの効果あったね」／と言った。その日のレッスンはそれでおしまいだった。あとにも先にも、先生が鉛筆を取り出したのは、あの一度だけだった。》「私」のピアノは上達するが、先生が離婚し教室をやめたので、レッスンも終わる。《問題児だった私の改心も、疲れ切った先生の心にはもうなんの癒しももたらさなかったのだ。お義母さんの痴呆がいよいよひどくなって、長年の介護生活に疲れきった先生は、ある晩とうとう、グランドピアノの中に小さなお義母さんを入れると蓋をして閉じ込め、半日ものあいだ放置した。旦那さんがお義母さんを助け出したとき、蓋の上にはバイエルなど家中のテキストが重しとして載せてあったそうだ。》

そして小説は「奇妙な味」のする寓話にはよくある、しめくくりのモラル風な一句で終えられます。《私はこないだ、お腹の子供が私をピアノに閉じ込めるところを想像したあと、自分もお腹に子供を閉じ込めていることに気付いた。（中略）誰だって自分が今、ピアノの中なのか外なのか分からないまま生きているのだろう。》

私にはこの短編をよくできた「奇妙な味」のモデル、として読み棄てることはできない。この小説同様に良い仕上りの、「奇妙な味」の短編が、発想と形式の見本帳というほどにも、繰り出される……しかし、それらを読み重ねて浮び上がるのは、いちいち、いちめずらしい作品に技をふるう才気というようなことではなく（少なくともそれにとどまらず)、ひとりの作家の確実な「その人そのもの」です。まだ全体像は見えないけれど……

この一冊には、当の作家が「人生の習慣」として担い続けてゆくはずの人間観察、そして先にいいましたが、それをムダなく書きあらわす散文の力があります。私はそこで、これらの多彩な「奇妙な味」のいちいちを楽しみつつ、めざましい才能たちの画廊を通り過ぎるのでなく、ひとりの画家の押しとどめることのできない生成の過程を展望した、という思いを抱きました。

これら十三編は、短いほど尖鋭な、「奇妙な味」の突出を楽しめますが、なかでもっとも長い一編には、「奇妙な味」を乗り越えて、そういう限定なしの短編作家の実力を発揮した、しかもまったく新しい短編の面目があります。日本文藝家協会が毎年作る短編アンソロジーに、余裕を持って選出されうるでしょう。『哀しみのウェイトトレーニー』。

①近所のオーガニックストアでレジを打っている「私」が、毎夜の通りに家に帰り、テレビでボクシングを見ている夫に、やはりいつもの例の、軽い行き違いの感情を抱く。しかもテレビで闘う男二人の体にひきつけられる。

《あぁ、どうして今までちゃんとこういうものを観てこなかったんだろう。ボクシングも、プロレスも、総合格闘技もみんな苦手だと思っていた。けれど、それは大間違いだった。私はいつもそう。なんでも自分がこうだと決めつけすぎて、他のものの可能性について考えてみようともしない。中学生の頃からだ。友達みんなで遊園地に遊びに行ったあの日も、きっと私みたいなおとなしい女はジェットコースターなんか嫌いなはず、と決めつけて一人だけ乗らなかった。(中略)でももしあの時、ジェットコースターに乗っていたら本当はどうだったんだろう。私は私の知らない自分に出会えていたような気がする。全然違う生き方をしていたような気が。》

②次の日から、私はボディビルダーを目指す。初めて飲んだプロテインが気に入り、スポーツジムにも入ることにする。「私」より若いが落着いたジムの男が、トレーニングのプログラムを考えてくれる。家庭での理解が大切だと注意されもしたが、夫にはなにもいわない。すぐにも首の太さは隠しきれなくなる。店の女性オーナーに問いつめられ、正直に話すと、自立した性格の彼女は、自己主張のなかったあなたが、いまは素敵だと励ましてくれる。店の人たちも応援してやるという。コーチは大会に出るようにすすめる。《あなたのその、根っこのところにある自信のなさをなんとかしたほうがいいと僕は思うんです。(中略)言われてみれば思い当たった。完璧主義の夫といるうちに、私はどんどん自分を何の取り柄もない人間だと感じるように

なったのだ。結婚前はそうでもなかったのに、夫に自信を取り戻させるために自分の劣っているところを挙げ連ねるうちに、いつのまにか「私なんて」が口癖になってい た。／「大会に出るかどうかはまだ分からないけど……」と言い添えて、私はジムの鏡の前で生まれて初めてポーズを取ってみた。》

③ある日、出来事が起る。店の前で客の犬同士がケンカを始め、大きい犬が仔犬を殺してしまう。あれだけの筋肉を持っている者が傍にいて、どうして何の役にもたたなかったのか？　その種の気分のなかで孤立した「私」はオーナーに店でのトレーニングをやめることを告げる。夫との間にも衝突が起る。涙を流す「私」に驚いた夫は肩を撫でてくれもしたが……

《でも私の肩はもうトップサイドデッドリフトによって美しく膨れ上がっていて、撫でてもらっているというより筋肉に触れさせてあげているという感じだった。駄目。もう一緒にはいられない。私は彼の小さな手を取って「あなたは自分のことにしか興味がないのよ」と言った。／「あなたといると、私はどんどん自分に自信がなくなっていく。私ってそんなにつまらない人間なの？」》

④服を脱ぎポージングの練習のための極小のビキニ姿で夜の町に走り出し、ジムのコーチを訪ねる。マシンに触らせてもらい、誰もいないジムでバーベルの上げ下げを

しているうち、涙を流した。

《「どうしても理解してもらえないんです」／「ご家族の方に？」／「そう。なんにも分かってもらえない」／「ちゃんと話し合ったんですか」／「話し合えない。夫は私のことなんか興味がないから」／「それでも話し合わないと。ボディビルダーはただでさえ孤独なんです」／孤独。コーチの言葉が胸に刺さった。／「もうどうやって乗り越えていいのか分からない」／私はバーベルから手を離して顔を覆った。そして、口にしてはいけない一言を漏らしてしまった。／「コーチが私のパートナーならよかったのに」》

⑤思いがけず追いかけて来た夫が、窓ごしにこちらを見て、ガラスを拳で叩く。

《私は立ち上がってそちらへ近づいていくと、おそるおそる彼に向かってボディビルのポーズを取ってみた。両腕を頭の脇で曲げて、胸を張り、逆三角形を強調するようなポーズ。ビキニ姿でそんなことをする私に、夫が信じられない、という顔をする。腰の横で、握りこぶしを固めて何か重いものを引き上げるような格好をすると、もうそれ以上やめてくれ、と夫は苦しげに首を振った。こんな妻の姿を見たくなかったのね。でも、これが、本当の私なのよ。私はポーズを続けたまま、彼の前でしてこなかった、様々な表情を作っていた。寂しかったり、哀しかったりしているときの顔。本当はくだらないと思っているときの顔。あなたのセックスがよくないと思っているときの顔。これが私なのよ。私はもう一度訴えた。私は平凡な主婦じゃない。私は夫に無関心でいられるような、退屈な主婦じゃないわ。》

和解した夫婦は、その後、穏やかに暮す。二人の体格差に振り返る他人たちのことなど気にしない。大会に出るなら垂れ幕を作ってくれるという同僚たちに、〝もうお前はジェットコースターを素手で放り投げられる!〟という言葉のものをリクエストする。そういうエピソードで、小説の最初の方のジェットコースターについての心の傷を軽快に裏返してみせるところ、「奇妙な味」の小説らしさもあらわして、短編は結ばれます。

3

もうひとつの、やや長めの作品、『マゴッチギャオの夜、いつも通り』。この作家の人間観、また社会観の底深い暗さが、ファンタジー式の作り方の、しかし細部においてはいかにもリアルな短編で示されます。たとえば、動物園の猿にとって投げつけられる花火がいかに危険かを、私らはしみじみ気付かせられるのじゃないでしょうか?

マゴッチギャオと名乗る猿の語りで、まぎれ込むようにして仲間入りさせられた思弁的なチンパンジーが（猿とくらべてそれがかれの自然な性格と感じとられるところにも、作家のよく準備された構想はあきらか）、バチバチと呼ばれる花火攻撃で傷つけられる。そもそも厭世的だったチンパンジー、ゴードンは、それでいながら、《人間に向かって一生懸命笑っていた。》つまり動物園で人間からもっとも愛されるイルカの表情を懸命に真似ようとしていたのに、当の人間の投石に殺されるのですが、それからの展開は、じつに特別です。

《俺たちは人間が帰ったあと、ゴードンを囲んで祈りを捧げた。ボスがそうしていいって言ったからだ。俺たちがみんなで踊って、鳴き声をあげていると、いつものように、さっきのバチバチバチバチよりももっと明るいけど静かな光が真ん中に集まってきて、ゴードンの体が宙に浮き上がった。ゴードンが目を覚ましたとき、バチバチバチで傷ついた体は元通りになっていた。仲間にかまれた傷もなくなった。この方法はなんでだか、死んだ猿にしかきかない。リンゴやバナナを増やそうとしても、大体はなんにも起こらない。ゴードンが驚いた顔をして、「君たちは死んだものを生き返らせることができるのか」と当たり前のことを聞くから、俺は「そうだよ」と教えてあげた。「それは〈奇跡〉と言うんだぞ」とゴードン。／「そうなの？　俺、〈奇跡〉知らない」》

フクシマ3・11以来、二年間、基本的にこのチンパンジーと似ているかも知れない、鬱々とした日々を生きて来た私は、まったく久しぶりで、希望の気配のある小説を読んだ思いがしました。

（第7回大江健三郎賞選評・「群像」二〇一三年五月号掲載）

この本は二〇一二年六月に小社より刊行されました。

|著者| 本谷有希子　1979年生まれ。2000年「劇団、本谷有希子」を旗揚げし、主宰として作・演出を手がける。'06年上演の戯曲『遭難、』（講談社）で第10回鶴屋南北戯曲賞を史上最年少受賞。'08年上演の戯曲『幸せ最高ありがとうマジで！』（講談社）で第53回岸田國士戯曲賞受賞。小説では'11年に『ぬるい毒』（新潮社）で第33回野間文芸新人賞、'13年に本書『嵐のピクニック』で第7回大江健三郎賞、'14年に『自分を好きになる方法』（講談社）で第27回三島由紀夫賞、'16年に『異類婚姻譚』（講談社）で第154回芥川龍之介賞を受賞。'21年6月には最新刊『あなたにオススメの』（講談社）を上梓。その他の著書に『腑抜けども、悲しみの愛を見せろ』『あの子の考えることは変』（ともに講談社）、『生きてるだけで、愛。』『グ、ア、ム』（ともに新潮社）など多数。

嵐《あらし》のピクニック
本谷有希子《もとやゆきこ》

2015年5月15日第1刷発行
2021年9月10日第8刷発行

発行者――鈴木章一
発行所――株式会社　講談社
東京都文京区音羽2-12-21　〒112-8001
電話　出版（03）5395-3510
　　　販売（03）5395-5817
　　　業務（03）5395-3615
Printed in Japan

講談社文庫
定価はカバーに
表示してあります

KODANSHA

デザイン―菊地信義
製版―――凸版印刷株式会社
印刷―――豊国印刷株式会社
製本―――株式会社国宝社

ISBN978-4-06-293114-4

講談社文庫刊行の辞

二十一世紀の到来を目睫に望みながら、われわれはいま、人類史上かつて例を見ない巨大な転換期をむかえようとしている。

世界も、日本も、激動の予兆に対する期待とおののきを内に蔵して、未知の時代に歩み入ろうとしている。このときにあたり、創業の人野間清治の「ナショナル・エデュケイター」への志を現代に甦らせようと意図して、われわれはここに古今の文芸作品はいうまでもなく、ひろく人文・社会・自然の諸科学から東西の名著を網羅する、新しい綜合文庫の発刊を決意した。

激動の転換期はまた断絶の時代である。われわれは戦後二十五年間の出版文化のありかたへの深い反省をこめて、この断絶の時代にあえて人間的な持続を求めようとする。いたずらに浮薄な商業主義のあだ花を追い求めることなく、長期にわたって良書に生命をあたえようとつとめるところにしか、今後の出版文化の真の繁栄はあり得ないと信じるからである。

同時にわれわれはこの綜合文庫の刊行を通じて、人文・社会・自然の諸科学が、結局人間の学にほかならないことを立証しようと願っている。かつて知識とは、「汝自身を知る」ことにつきていた。現代社会の瑣末な情報の氾濫のなかから、力強い知識の源泉を掘り起し、技術文明のただなかに、生きた人間の姿を復活させること。それこそわれわれの切なる希求である。

われわれは権威に盲従せず、俗流に媚びることなく、渾然一体となって日本の「草の根」をかたちづくる若く新しい世代の人々に、心をこめてこの新しい綜合文庫をおくり届けたい。それは知識の泉であるとともに感受性のふるさとであり、もっとも有機的に組織され、社会に開かれた万人のための大学をめざしている。大方の支援と協力を衷心より切望してやまない。

一九七一年七月

野間省一

森 博嗣　ε《イプシロン》に誓って〈SWEARING ON SOLEMN ε〉
森 博嗣　λ《ラムダ》に歯がない〈λ HAS NO TEETH〉
森 博嗣　η《イータ》なのに夢のよう〈DREAMILY IN SPITE OF η〉
森 博嗣　目薬 α《アルファ》で殺菌します〈DISINFECTANT α FOR THE EYES〉
森 博嗣　ジグβ《ベータ》は神ですか〈JIG β KNOWS HEAVEN〉
森 博嗣　キウイγ《ガンマ》は時計仕掛け〈KIWI γ IN CLOCKWORK〉
森 博嗣　χ《カイ》の悲劇〈THE TRAGEDY OF χ〉
森 博嗣　ψ《プサイ》の悲劇〈THE TRAGEDY OF ψ〉
森 博嗣　イナイ×イナイ〈PEEKABOO〉
森 博嗣　キラレ×キラレ〈CUTTHROAT〉
森 博嗣　タカイ×タカイ〈CRUCIFIXION〉
森 博嗣　ムカシ×ムカシ〈REMINISCENCE〉
森 博嗣　サイタ×サイタ〈EXPLOSIVE〉
森 博嗣　ダマシ×ダマシ〈SWINDLER〉
森 博嗣　女王の百年密室〈GOD SAVE THE QUEEN〉
森 博嗣　迷宮百年の睡魔〈LABYRINTH IN ARM OF MORPHEUS〉
森 博嗣　赤目姫の潮解〈LADY SCARLET EYES AND HER DELIQUESCENCE〉
森 博嗣　まどろみ消去〈MISSING UNDER THE MISTLETOE〉
森 博嗣　地球儀のスライス〈A SLICE OF TERRESTRIAL GLOBE〉

森 博嗣　今夜はパラシュート博物館へ〈THE LAST DIVE TO PARACHUTE MUSEUM〉
森 博嗣　虚空の逆マトリクス〈INVERSE OF VOID MATRIX〉
森 博嗣　レタス・フライ〈Lettuce Fry〉
森 博嗣　僕は秋子に借りがある I'm in Debt to Akiko〈森博嗣自選短編集〉
森 博嗣　どちらかが魔女 Which is the Witch?〈森博嗣シリーズ短編集〉
森 博嗣　探偵伯爵と僕〈His name is Earl〉
森 博嗣　喜嶋先生の静かな世界〈The Silent World of Dr.Kishima〉
森 博嗣　実験的経験〈Experimental experience〉
森 博嗣　そして二人だけになった〈Until Death Do Us Part〉
森 博嗣　つぶやきのクリーム〈The cream of the notes〉
森 博嗣　つぼやきのテリーヌ〈The cream of the notes 2〉
森 博嗣　つぼねのカトリーヌ〈The cream of the notes 3〉
森 博嗣　ツンドラモンスーン〈The cream of the notes 4〉
森 博嗣　つぼみ茸《きのこ》ムース〈The cream of the notes 5〉
森 博嗣　つぶさにミルフィーユ〈The cream of the notes 6〉
森 博嗣　月夜のサラサーテ〈The cream of the notes 7〉
森 博嗣　つんつんブラザーズ〈The cream of the notes 8〉
森 博嗣　ツベルクリンムーチョ〈The cream of the notes 9〉
森 博嗣　100人の森博嗣〈100 MORI Hiroshies〉

森 博嗣　的を射る言葉〈Gathering the Pointed Wits〉
森 博嗣　カクレカラクリ〈An Automaton in Long Sleep〉
森 博嗣　DOG&DOLL
諸田玲子　其《そ》の一日《いちにち》
諸田玲子　森家の討ち入り
森 達也　「自分の子どもが殺されても同じことが言えるのか」と叫ぶ人に訊きたい
森 達也　すべての戦争は自衛から始まる
本谷有希子　腑抜けども、悲しみの愛を見せろ
本谷有希子　江利子と絶対〈本谷有希子文学大全集〉
本谷有希子　あの子の考えることは変
本谷有希子　嵐のピクニック
本谷有希子　自分を好きになる方法
本谷有希子　異類婚姻譚
本谷有希子　静かに、ねぇ、静かに
茂木健一郎　「赤毛のアン」に学ぶ幸福《しあわせ》になる方法
茂木健一郎 with ダイアログ・イン・ザ・ダーク　まっくらな中での対話
森川智喜　キャットフード
森川智喜　スノーホワイト
森川智喜　一つ屋根の下の探偵たち

講談社文庫　目録

2021年6月15日現在